富山文学の黎明（二）

―漢文小説『蛎洲餘珠』（巻下）を読む―

磯部祐子　森賀一惠

桂書房

文政改二年鐫

木一貫孟恕著

蛠洲餘珠

紫苑条藏板

蛠洲餘珠卷下目錄

蒲留仙　五萬度山
義經公　金光燭天
胡僧　剪扭
豪飲　鵬
地震　復雛
池貸成　仙童
眩術 二則
啞蟬
木判官

嵯峨隱士
兒入鐘腹
鍵襘
惡鱄
鸛塔
漆工
赤剝村僧
魖僧
白線
鶯鬼

蛎洲餘珠卷下

越中　木一貫孟恕著

余友服輗字叔信號楓窩南郭先生後也頴異絶倫弱冠時能講靈臺儀象志聽者稱讚亦喜讀聊齋志異嘗題之曰近時珍編奇冊林林頗影而是一書最行于世趙起果曰初稿名鬼狐傳後留仙入棘闈狐鬼羣集揮之不去以意揣之蓋恥禹鼎之曲傳懼軒轅之畢照也歸乃增益他條名之曰志異其非異常

之筆豈能若此也哉抑棘闈招神回煞躲殃都如術士追魂法其事甚奇又青鳳傳留仙得意之作也同社畢恰菴讀之羨慕其姣麗後竟得與狐女綢繆而狐亦羨青鳳陰囑恰菴請留仙作小傳要之皆醉其文者也余友木蛎洲曰如嫦娥鳳仙諸傳亦極翦裁之妙每讀此等編未必世態風月不聳然感傷也輙欲語人以侑茗酒然纔掩卷茫乎若海市蜃樓不可復認也余曰是子亦醉

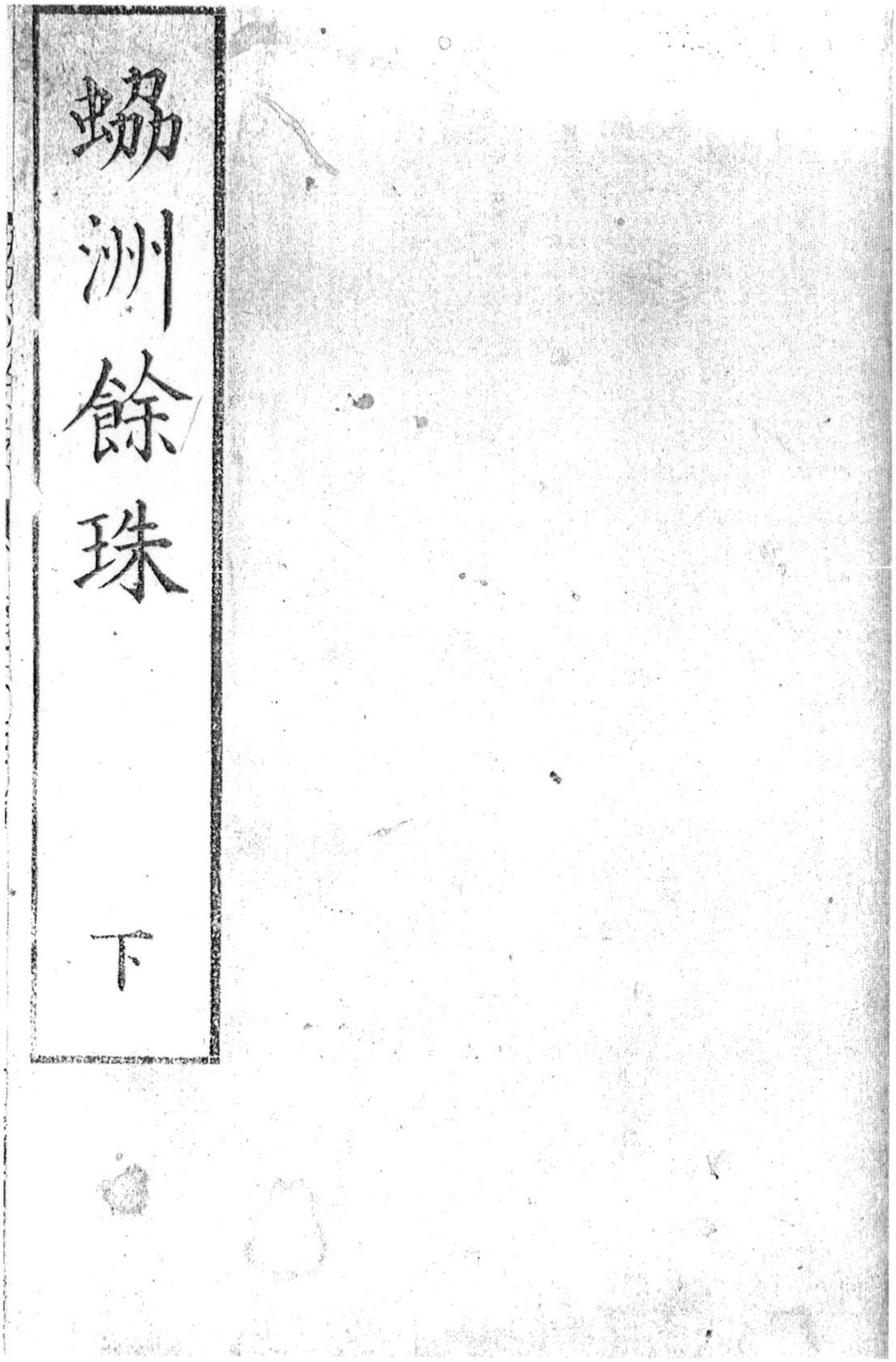
蛠洲餘珠　下

（高岡市立中央図書館所蔵）

まえがき

本書は、江戸後期加賀藩高岡の漢学者・寺崎蛠《れい》洲（一七六一〜一八二二）の手になる漢文小説『蛠洲餘珠』巻下の翻訳と解説である。序は、高岡の医者・長崎浩斎(一七九九〜一八六四)による。

序を書いた浩斎は江戸で蘭方を学んだ人物であるが、彼は『蛠洲餘珠』をその師である江戸の蘭学者・大槻玄沢（一七五七〜一八二七）に贈っている。添えた手紙には、「業外ノ書ニ御座候得共、小子忘年の友三木や半左衛門（名ハ一貫字ハ孟恕号ハ蛠州○先生六十ノ寿詩ヲ上タル人ナリ）ノ新著蛠洲余珠二冊呈上仕候間、御咲納可被下候、此板刻未ダ全く落成不仕、魯魚の誤リモ多く、字ノ錯置モ可有御座候間、宜御考読可被下候、誠ニ京伝十返舎同様ノ作ニ御座候、序ハ小子ノ拙文ニ御座候、御一笑可被下候、錦腸先生へも一遍入御覧度奉存候…」[1]と見える。蛠州を「忘年の友（年の離れた友）」と紹介したうえで、本書を「眞誠ニ京伝十返舎同様ノ作ニ御座候（本当に山東京伝や十返舎一九の作品ようなものです）」と記している。『蛠洲餘珠』は山東京伝や十返舎一九が書いた戯作（戯れに書いた読みもの）の類だというのである。

大槻玄沢は返書で、「蛠洲余珠二冊鴻恩賜千万辱一覧仕候、未及熟読候、錦腸へも相廻し可申候、蛠洲ハ号と奉存候、何と申事ニて御座候や…」[2]と、蛠洲餘珠を受領し、錦腸先生（一七八七〜一八四六、杉田玄白の次男杉田立卿のこと）にも廻すこと、および、蛠洲という号の由来を尋ねる。蛠は「れい」と読み、「蠣」に同じく「蛤」の謂いであるが、玄沢にとっても関心を引いた一字であったろう。その後の往復書簡に、玄沢らの『蛎洲餘珠』についての具体的記載はない。「京伝十返舎同様ノ作」、「業外ノ書」であって、大雅の堂に登るものではないのだから当たり前である。

しかし、浩斎が玄沢と立卿に送り届けたことそれ自体に、浩斎のある種の自負が感じられる。それは、地方にもこのように秀逸な漢文を書くことのできる者がいることへの、また、戯作の精神を持つ人物のいることへの自負である。

本書は、『蛎洲餘珠』(上下巻)のうち、後半の部分の翻訳と解説とともに、『蛎洲餘珠』への清の小説『聊斎志異』の影響を論じた一文を附載する。蛎洲の関心の幅広さとその漢文世界を紹介出来れば幸いである。

(磯部祐子)

なお、本作品には、今日からみれば幾つかの不適正な表現がある。しかし原作の主旨並びに話の構成上からオリジナルを尊重すべく、そのままの表現を用いることにする。

1 『蘭学、その江戸と北陸—大槻玄沢と長崎浩斎—』片桐一男著、思文閣出版、一九九三年、七九頁。
2 同書八三頁。

富山文学の黎明（二）

目次

まえがき　磯部祐子

第一章『蛠洲餘珠』（巻下）を読む

蛠洲餘珠巻下目録

第一話　蒲留仙―『聊斎志異』を愛した友・服部叔信のこと―………2
第二話　義經公―義経一行の狐退治―………12
第三話　胡僧―「バテレン」の術―………22
第四話　豪飲―炎を吸いこみ死んだ大酒飲み―………26
第五話　地震―大地震で地中に埋まり、十二年後、大地震で生還した男の話―………28
第六話　池貸成―洒脱な文人画家―………32
第七話　眩術二則―目くらましの術二つ―………36
第八話　啞蟬―目の錯覚―………41
第九話　木判官―高祖民部公の伝説―………43
第十話　嵯峨隠士―鳴かぬなら叩いて鳴かそう嵯峨の鹿―………50
第十一話　兒入鐘腹―奇跡的に助かった二人―………53
第十二話　鍵禬―自画像を奉納して貞操を守るを誓う―………56
第十三話　悪觯―本質を見極めることのむずかしさ―………60
第十四話　鸛塔―「コウノトリ」の塔―………64
第十五話　漆工―漆職人、乞食を助けて富豪になる―………72
第十六話　赤剝村僧―力持ちの僧侶―………77

第十七話　魑僧―大泥棒・稲葉小僧―………80
第十八話　白線―江戸時代のスーパーウーマン―………88
第十九話　鶯鬼―ウグイスの幽霊―………92
第二十話　五萬度山―瑪瑙の山―………96
第二十一話　金光燭天―天に光る謎の炎―………100
第二十二話　剪扭―スリとは知らずに誘ってみれば―………103
第二十三話　鵰―ワシ、おそるべし―………105
第二十四話　復讎―仇を討たなかった理由―………108
第二十五話　仙童―ロードス島の巨人を見た少年―………112
跋　蛠洲の詩才―忠臣蔵を詠む―………122
第二章　『蛠洲餘珠』に見る『聊斎志異』の受容　磯部祐子
一、はじめに………130
二、「聊斎癖」をもつ漢学者（『困譚』『蛠洲餘珠』の作者寺崎蛠洲）との出会い………132
三、『蛠洲餘珠』「蒲留仙」に見るその「聊斎癖」………134
四、『聊斎志異』に記された「こと」の借用………138
五、『聊斎志異』に用いられた「ことば」の借用………141
六、終わりに………149
あとがき　森賀一恵………152

第一章　『蛎洲餘珠』（巻下）を読む

第一話　蒲留仙──『聊斎志異』を愛した友・服部叔信のこと──

〔現代語訳〕　私の友人の服輗は、字を叔信といい、号を楓翥という。服部南郭先生の子孫である。聡明さは並ぶものなく、二十歳で、『靈臺儀象志』を講じ、聴いた者はみな褒め称えた。また『聊斎志異』を好み、次のような題辞（読書記）を書いた。

「近頃、珍しい本の数は実におびただしいが、この本が一番読まれている。趙起杲（青柯亭本『聊齋志異』例言）は次のように言う。『初稿は鬼狐傳という名であった。後に留仙（蒲留仙）が科場（科挙の試験場）に入ると、狐や幽霊が群れ集って追い払っても去らなかった。その意を忖度するに、おそらく、夏の禹の鼎が遠国の諸物を刻して民に知らせたように、詳しく伝えられることを恥じ、黄帝の鋳した鏡が善悪を照らし出し邪を退けたように、明らかにされることを恐れたためであろう。そこで、（留仙は）帰ってから狐や幽霊以外の話も書き足して志異と名付けた』と。非凡な文才がなければ、どうしてこのようなことがあるだろう。そもそも、科場に神を招いたり、死者の魂を呼び戻して、災いを避けるなどというのは、どれも法術士が魂を奪う法のようなもので、極めて不思議である。また、「青鳳伝」は留仙（蒲松齢）の自信作だが、社友の畢怡庵（『聊斎志異』「狐夢」に登場している）がこれを読んで、その見目麗しさをこよなく慕い、その後、ついに狐女と懇ろになった。その狐もまた青鳳を羨み、こっそり怡菴に、留仙に自分の小伝を書くようにお願いしてくれと頼んだ。要するに、皆、その文に酔ったのである。私の友人の木蛎洲は言った。『「嫦娥」、「鳳仙伝」などの伝は、練られた文章のすばらしさはこの上ない。これらを読むたびにいつも、世情人情恋愛模様に感慨を催し、すぐに誰かに話して茶や酒を勧めたいと思う。しかし、本を閉じると、まるで蜃気楼が消えて見えなくなるように朦朧としてしまう』と。私は、『それは君も文章に酔ったというだけのことだ。そんなことは人に話すまでもあるまい。お互いにちょっと笑っておしまいさ』と言った。ああ、柳泉（留仙）の書を読む者は、怡菴と同じようなものなのだから、怡菴のことを笑ってはいけない」。

（題辞を）書き終えて眠ると、突然、二人の小役人に役所に引っ立てられた。中に儒冠をつけたひとりの人が座っていて、叔信を呼んだ。前に進み出ると、「私は蒲松齢である。なんじは文筆を好むので、閻魔庁に、曹太史の家に生まれ変わらせるように申請した。なんじは四庫全書を枕にして育ち、十六歳で翰林学士（文章作成を司る官）に抜擢されるだろう。それは私の希望ではなく、運命である。後事を速やかに整理せよ」と言った。叔信はそれを大人しく受け入れ、敢えて逆らわなかった。その人はまた、先の小役人に命じて送り返させた。そこで（叔信は）ハッと目が覚めた。果たして、数日後に死んだ。

我が家は貧しく、叔信には、管仲の鮑叔に対するような借りがあるが、まだ万分の一も返していない。もし叔信に大部の著作があれば、校正でも手伝いたいと思うのだが、留仙が私を招いてくれるのはいつのことやら。叔信はまだ三十三才だった。彼の「落葉詩」に次のように詠う。「霜が一面に紅楓に降りつもり、四川錦と呉の綾のような風景を織りなしている、しかし一夜の西風に葉は落ち尽くし、山の秋色は全て杣人《そまびと》の籠に入ってしまった」と。おそらく絶筆であろう。

「蓮香伝」（『聊斎志異』の一編）では、幽霊と狐の合葬の際、「期せずし会する者数百人」だったという。本当にあったことのようである。中国にはもとより霊狐は多いが、幽霊の話が多いのはどうしてだろう。思うに、我が国の幽霊や天狗の話のように、文人がそれにことよせて文章を書いたからだろう。

〔**原文**〕　余友服輗、字叔信、號二楓叢一。南郭先生後也。穎異絶倫、弱冠時能講二靈臺儀象志一、聽者稱讃。亦喜讀二聊齋志異一、嘗題レ之曰、

近時珍編奇冊、林林頗夥、而是一書最行二于世一。趙起杲曰、初稿名二鬼狐傳一。後留仙入二棘闈一、狐鬼群集、揮レ之不レ去。以レ意揣レ之、蓋恥二禹鼎之曲傳一、懼二軒轅之畢照一也。歸乃增二益他條一、名レ之曰二志異一。其非二異常之筆一、豈能若レ此也哉。抑棘闈招レ神、回煞躲レ殃、都如二術士追魂法一。其事甚奇。又青鳳傳、留仙得意之作也。同社畢怡庵[3]讀レ之、深慕二其姣麗一。後竟得下與二狐女一綢繆上。而狐亦羨二青鳳一、陰囑二怡菴一、請二留仙一作二己小傳一。要レ之皆醉二其文一者也。余友

木蛺洲曰、如二嫦娥鳳仙諸傳一、亦極二翦裁之妙一。每讀二此等編一、未三必世態風月、不二聳然感傷一也。輒欲三語レ人以侑二茗酒一。然纔掩レ卷、茫乎若下海市蜃樓不上レ可二復認一也。余曰、是子亦酔二文章一故耳。如二其事一、何足二便擧以語レ人、相為一笑而已。噫、讀二柳泉書一者、勿下以二怡菴一笑上二怡菴一。

書畢就レ寢、忽有二二胥一、拽以抵二一衙署一。中有二儒冠一公一坐。呼二叔信一至レ前謂曰、我蒲松齡也。以三汝喜二文辭一請二冥司一、令レ托二生於曹太史家一。汝枕二藉于四庫全書中一、十六歳當レ擢二翰林一。雖レ然、是非二吾素志一、亦數也。速三其了二後事一。叔信順受、不二敢亦違一レ之。公仍命二前胥一送還。愕然醒。果遂數日而卒。

予家貧、虧二叔信一實如三管仲於二鮑叔一也。而未レ能レ報二其萬分一。叔信有二大著作一、則欲三以助二挍讎一。未レ知留仙招レ我在二何日一也。叔信年劣三十三、其咏二落葉一詩曰、霜飛爛漫簇二紅楓一、川錦呉綾詩景中。一夜西風都落木、滿山秋色入二樵籠一。蓋絶筆也。

蓮香傳、其鬼狐合葬時、不レ期而會者數百人云。是似三實有二其事一矣。唐山固多二靈狐一、但見レ鬼之多、何也。蓋亦如二吾邦幽靈天狗談一、文人假レ之弄二筆墨一耳。

3　原文は「恰」に作るが、本来は「怡」であるため、以下「怡」に改める。

〔書き下し文〕 余の友服靦《げい》、字叔信、楓翥《ふうしょ》と號す。南郭先生の後なり。穎異《えいい》絶倫にして、弱冠の時、能《よ》く『靈臺儀象志《れいだいぎしゃうし》』を講じ、聽く者稱讃す。亦た喜《この》んで『聊齋志異《れうさいしい》』を讀む。嘗て之に題して曰く、

「近時、珍編奇冊、林林として頗《すこぶ》る夥《おびただ》し、而して是の一書、最も世に行はる。趙起杲《てうきかう》曰く、『初稿は鬼狐傳と名づく。後に留仙、棘闈《きょくゐ》に入れば、狐鬼群集して之を揮《はら》ひて去らず。意を以て之を揣《はか》るに、蓋《けだ》し禹鼎《うてい》の曲傳を恥じ、軒轅《けんえん》の畢照《ひっせう》を懼《おそ》るるならん。歸りて乃ち他の條を増益し、之を名づけて志異と曰ふ』と。其れ異常の筆に非ざれば、豈《あ》に能く此くの若からんや。抑《そもそも》棘闈に神を招き、回煞《くわいさつ》し殃《やう》を躱《さ》くるは、都《すべ》て術士の追魂法の如し。其の事甚だ奇なり。又た「青鳳傳」は、留仙得意の作なり。同社の畢怡菴《ひついあん》これを讀みて、深く其の姣麗《かうれい》を慕ひ、後竟《つひ》に狐女と綢繆《ちうびう》たるを得。而して狐も亦た青鳳を羨み、陰《ひそ》かに怡菴に囑し、留仙に請ひて己が小傳を作らしむ。これを要するに皆其の文に酔《ゑ》ふ者なり。余の友木蛠洲《ぼくれいしう》曰く、『嫦娥《じゃうが》、鳳仙諸傳の如きは、また翦裁《せんざい》の妙を極む。毎《つね》に此等《これら》の編を讀みて、未だ必ずしも世態風月聳然《しょうぜん》として感傷せずんばあらざるなり。輒《すなは》ち人に語りて以て茗酒《めいしゅ》を侑《すす》めんと欲す。然るに纔《わづ》かに巻を掩《おほ》はば、茫乎《ばうこ》として海市蜃樓の復た認むべからざるが若きなり。』と。余曰く、『是れ子《なんぢ》も亦た文章に酔ふ故《ゆゑ》のみ。其の事の如きは、何ぞ便ち舉げて以て人に語るに足らん。相《あひ》為に一笑するのみ』と。噫《ああ》、柳泉の書を讀む者、怡菴を以て怡菴を笑ふこと勿《なか》れ」と。

書き畢《お》はりて寝に就けば、忽ち二胥《しょ》有りて、拽《ひ》きて以て一衙署《がしょ》に抵《いた》る。中に儒冠の一公有りて坐す。叔信を呼びて前に至らしめ謂《い》ひて曰く、「我、蒲松齢《ほしょうれい》なり。汝の文辭を喜ぶを以て冥司《めいし》に請ひ、生を曹《そう》太史が家に托せしむ。汝、四庫全書中に枕藉し、十六歳にして當《まさ》に翰林《かんりん》に擢《ぬきん》でらるべし。然りと雖も、是れ吾が素志に非ず、亦た數なり」と。其れに後事を了《お》ふことを速《すす》む。叔信順《したが》ひ受け、敢《あ》へて亦たこれに違《たが》はず。公は仍《よ》りて前胥に命じ送還す。愕然《がくぜん》として醒む。果して遂に數日にして卒す。

予の家貧《ひん》にして、叔信に斷くこと實《じつ》に管仲《くわんちう》の鮑叔《はうしゅく》におけるが如きなり、而るに未だ其の萬分を報《ほう》ずる能はず。叔信に大著作有らば、則ち以て挍讎《かうしう》を助けんと欲す。未だ知らず、留仙、我を招くは何日に在るを。叔信の年劣《わづ》か三十三、其の落葉を詠む詩に曰く、「霜飛び爛漫として紅楓簇《むら》がり、川錦呉綾は詩景の中。一夜の西風都《すべ》て落木、滿山秋色樵籠《せうろう》に入る」と。蓋し絶筆ならん。

『蓮香傳』に「其の鬼狐合葬の時、期せずして會する者數百人」と云ふ。是れ實《まこと》に其の事あるに似たり。唐山固より靈狐多し。但《た》だ鬼を見るの多きは何《なん》ぞや。蓋し亦た、吾が邦の幽靈天狗の談の如く、文人之に假りて筆墨を弄するのみならん。

〔**語彙注釈**〕　○服部叔信　名は輗、号は楓翥、字は叔信のほか、淳卿。また、氷見布施（円山）布施神社境内に建てられた「万葉歌碑」に「享和二年五月十八日高岡町年寄服部叔信建碑」

とある。『高岡湯話』[4]天野屋傳兵衛の項によれば、天野屋傳兵衛の二女の婿養子となるも、三十三歳で亡くなったという。その生没年は一七七二〜一八〇五か。○南郭先生　服部南郭。天和三年（一六八三）〜宝暦九年（一七五九）。江戸中期の漢詩人。名は元喬、字は子遷。南郭は号。京都の町家に生まれ、幼少のときから和歌をたしなみ、江戸に出て、柳沢吉保に歌人として抱えられたが、正徳元年（一七一一）頃、吉保の儒臣荻生徂徠に入門して、漢詩文に転じた。享保三年（一七一八）、柳沢家を退き、書画・詩文に専念する。○顕異　ずば抜けてすぐれていること。○絶倫　人よりぬきんでていること。○珍編奇冊　珍しい本。○林林　たくさんあるさま。○弱冠　『礼記』「曲礼」上の「二十を弱と曰ひて冠す」から男子二十歳のこと。○霊台儀象志　（康熙十三年）南懐仁等撰の天体観測に関する本。南懐仁はベルギー人フェルデナンド・フェルビーストの漢名。○聊斎志異　清代前期の文人蒲松齢が執筆した文語体の怪異小説集。神仙、狐、鬼、化物、ふしぎな人間などに関係した物語や異聞の記録的短編。○蒲松齢　一六四〇〜一七一五。清代初期の文人。『聊斎志異』の作者。字は留仙、号は柳泉、斎号を聊斎。○青柯亭本　『聊斎志異』の最初の版本。乾隆三十一年（一七六六）刊。趙起杲編。○棘闈　科挙の試験場。○禹鼎之曲傳　（夏の禹の時代の鼎に遠国の諸物を描いて庶民に周知させたように）詳しく伝えること。『左伝』宣公三年に「昔夏之方有徳也、遠方図物、貢金九牧、鋳鼎象物、百物而為之備、使民知神姦。故民入川澤山林、不逢不若。螭魅罔两、莫能逢之」。○軒轅之畢照　（黄帝が作った中国初の鏡のように）ことごとく世の中を照らし全てを明らかにすること。○回煞　死者の魂が戻ること。○躱殃　災いを避けること。○青鳳伝　『聊斎志異』の一編。去病という若者が廃屋で青鳳という美女に出会って、青鳳のことが忘れられず、妻の反対を押し切り、廃屋に住みはじめるが、青鳳は狐だった。○姣麗　美しいこと。○畢怡庵　ここでは、『聊斎志異』の「狐夢」一編の主人公。著者の友人で「青鳳傳」の愛読者の畢怡庵が、狐と恋仲になる。その狐は、蒲松齢に自分の伝記を書いてもらうよう友人に託す。○鳳仙　『聊斎志異』の一編。秀才の劉碧水は、両親を亡くし、残された財産で気ままに遊び暮らしていた。ある日、碧水が自宅へ帰ると、なんと狐のカップルが勝手に入り込んで逢い引きの最中だった。カップルが去った後、寝台には女性の袴（下着）が置き忘れられていた。次の日、使者に袴を返して欲しいと頼まれたため、そのお返しに鳳仙との仲を取り持ってもらうが、鳳仙も狐だった。○嫦娥　『聊斎志異』の一編。地上に降りてきた月の仙人・嫦娥と狐の化身が人間と結ばれる話。○剪裁　文章を練ること。○世態風月　世の中のありさまと男女のこと。○聳然　恐れ慎むさま。○茗酒　茶と酒　○茫乎　広々としているさま。ぼんやりとしてつかみどころのないさま。○海市蜃楼　蜃気楼。○胥　胥吏のこと。旧体制下の中国や朝鮮において、庶民でありながらも役所の実務をする

4　富田徳風著、文化四年書、高岡文化会、昭和十年翻刻。

者。正規の高等官僚としての官人と併せ、官史と呼ばれる。○衙署　役所のこと。○冥司　地獄の獄吏。○曹太史　天文歴史をつかさどる官吏。○四庫全書　清朝の乾隆帝時代に編集された中国最大の叢書。○枕籍　書物を積み重ねて枕にすること。また、書物がうずたかく積んであること。○翰林　翰林院のこと。唐の玄宗以降に置かれた詔勅の起草などを担当した役所。清朝では国史の編纂、経書の侍講などを主に担当した。○後事　死後のこと。○愕然　非常に驚くさま。○管仲・鮑叔　ともに中国春秋時代の人。「管鮑の交わり」とは二人の故事に基づき、深い友人関係をいう。○挍讎　校勘。○川錦呉綾　蜀の錦と呉の綾。○樵籠　木こりの籠。○蓮香　『聊斎志異』の一編。ある生員のもとに美女（実は狐）が訪れて懇ろになる。しばらくして別の美女（実は幽霊）とも懇ろになり、生員は内緒で二股を続けた結果、荒淫ゆえに衰弱する。そのため、美女二人は互いの存在を知り、お互いに正体を見破りもめるが、ともに転生後も生員との縁が続き、二世にわたる姉妹の縁で親しくなり、前世の遺体を合葬する。

〔**解説**〕　若くして世を去った友人「服部叔信」との交流を記して、追悼文に代えた一話。服部叔信は、本文にあるように服部南郭の末裔で、氷見布施(円山)の布施神社境内にある「万葉歌碑」を建てた人物。名は輗、号は楓翥、淳卿、槇屋から天野屋へ養子に行き、詩、画、篆刻に巧みであった。津島北渓（一八一三〜一八六二）『高岡詩話』（江戸末期完稿）巻一に次のように記されている。

「清水少連第六子為淳卿。〔名輗、一字叔信、号楓翥。称天野屋三郎左衛門〕出継服部氏後。能詩能畫、工篆刻。上酒井永光寺云、幾踏白雲尋梵宮、藤蘿路暗水淙淙。奚僮驚殺魂將絶、虎様怪岩龍様松。佳句。惜花云、初知憎雨如憎老、元是愛花緣愛詩。布施圓山碑、是人之所建。不特工詩、又頗有吏才云。（清水少連の第六子は淳郷為り。〔名は輗、一に字は叔信、号は楓翥。天野屋三郎左衛門と称す〕出でて服部氏の後を継ぐ。詩を能くし畫を能くし、篆刻を工みとす。酒井の永光寺に上りて云ふ、「幾ど白雲を踏みて梵宮を尋ぬ、藤蘿の路は暗く水は淙淙たり。奚僮は驚殺して魂将《まさ》に絶たんとす、虎様の怪岩、龍様の松」。佳句なり。花を惜しみて云ふ、「初めて知る、雨を憎むは老を憎むの如きを、元これ花を愛して詩を愛するに縁る」布施の圓山碑はこの人の建てし所。特《た》だ詩に工みなるのみならず、又た頗る吏才有りと云ふ。）」

蛠洲と叔信の二人は、中国を代表する怪異小説『聊斎志異』をこよなく愛した。この一話は、『聊斎志異』の編集者である趙起杲「青本刻聊齋志異例言」のことばと『聊斎志異』の三作品「青鳳傳」「狐夢」「嫦娥」を用いながら展開された、『聊斎志異』に魅せられた者同士の心の交流の軌跡である。青柯亭刻本『聊斎志異』は趙起杲によって乾隆三十一年（一七六六）に上梓されたが、刊行当

5　高岡古文献シリーズ第九集に『高岡詩話（現代語訳）』が収められているが、我々の解釈と異なる点が多いので本書では参考にしない。

初から本国での人気は極めて高かった。日本でも、「聊斎癖」という言葉があるほど『聊斎志異』ファンが多い。なかでも、明治以後は、何人もの作家によって、その翻案小説が書かれた。芥川龍之介の「酒虫」や、太宰治の「清貧譚」「竹青」は良く知られる。

しかし、江戸時代の聊斎志異の受容の具体的受容の実態について言及されたものはあまりない。この一話からは「聊斎癖」の日本における早い例を見ることができる。その点でも、この一話の持つ意味は大きい。なお、『蛠洲餘珠』における『聊斎志異』の影響の詳しい考察は、「第二章　『蛠洲餘珠』に見る『聊斎志異』の受容」として稿を改めて、本書末尾に付記する。

第二話　義經公—義経一行の狐退治—

〔現代語訳〕　源義経は奥州に向かう時、北陸を通り、三橋将監の館に立ち寄って何日か滞留した。将監には娘がいたが、十五歳になり突然、狐に憑りつかれ、祈祷しても効果がなく、半年になろうとしていた。娘はもともと肥えていたが、その時は骨と皮ばかりにやせ細っていた。将監はその事に深く心を痛めていた。義経はそれを聞き、武蔵坊弁慶、亀井六郎等に命じて、毎晩外でこの狐を捜索させ、また、伊勢三郎には家で娘の寝所を警護させ「狐が来たら手ずから斬り殺してやれ」と言った。夜、狐が来ると、三郎はぼうっとして、娘が足で踏んでも気が付かない。目を覚ました時には、娘は昏倒し、狐はとうにいなくなっていた。次の日の夕方、三郎は「寝ずの番をしなければなりません。私の気が緩んだら、錐で肘を刺して下さい」と言った。狐が来たとき、三郎はいびきをかいて寝ていたので、娘は何度も錐で刺したが、三郎は悠々と熟睡して、狐が去ってはじめて、我慢できないほど痛いと感じた。敷き物も血に染まっていた。その夜、六郎がひとりで荒れた祠の傍を通っていると、突然、狐の鳴き声が聞こえたので、草叢に伏せ、息をひそめて様子をうかがった。祠から一本の白い光が出ているのが見えた。一匹の老狐が髑髏を頭に載せて北斗を拝み、拝み終わって一回転すると毛皮が落ち、みめよき男子に化けて走り去った。六郎はその残された皮を拾って帰り、義経に報告した。義経は「よくやった。これを留め置いて様子を見よう」と言った。暫くすると、案の定、窓の外で狐が「私の物を返してくれ。私の物を返してくれ。もし返してくれたら感謝千万。返してくれなければ、死んでしまう」と叫んだ。六郎が弓矢を手挟んで躍り出ると、狐は驚いて逃げた。六郎が入ると、またやって来て頭を地面につけて泣き叫び、仲間まで連れてきた。将監は喜び、皆を労い、義経に「狐はもう悔いております。どうか許してやってください」と頼んだ。義経は笑って許してやった。六郎は厳しく狐を責めて言った。「化け物め、とっとと失せろ。また主人の娘に祟ったら、お前たちの巣穴を燻して、みな八つ裂きにしてやるからな」。狐は堅く誓った。そこで皮を取り投げて返した。娘の病気もすっかり治った。

天明二年（一七八二）、会津の油田村の曾平が税を滞納し、役人が家に取り立てに来て、梁の間に箱が一つ懸けてあるのを見、それについて尋ねた。曾平は答えた。「この中には何が入っているのか分かりません。先祖代々、軽々しく開けるなと戒められております」。そこで役人がそれを開くと、中に義経公が食料を借りた借用書が入っていた。義経公が奥州へ入った時、粟七斗をその家から借りたのであろう。「もし帰って来なければ、役所の裁断に任せよ」とあった。そこで役所に判断を仰ぐと、役所は曾平に三百石を与えた。文治四年（一一八八）より天明二年（一七八二）まで、五百九十六年である。『池北偶談』に、明代に漢の劉玄徳が書いた借金証書が見つかったと記載されている。同じような話である。

〔**原文**〕　源廷尉赴レ奥時、取二路于北陸一、詣二三橋將監家一、淹留數日。將監有レ女及レ笄、忽遭二狐媚一、禱治無レ效、將レ及二半年一。女體本肥大、至レ此骨立如レ柴。將監深憂レ之。廷尉聞レ之、命二武藏坊辨慶、龜井六郎等一、每夕出而踪二跡之一。又使三伊勢三郎留二護女寢所一、曰、狐至當二手刃以報一。夜分狐至。三郎懵然[6]、女以レ足躡レ之罔レ覺。比レ寤、女昏臥、狐去久。次夕、三郎曰、當二不レ寐以瞰レ之。倦則引レ錐刺二我臂一。狐來、三郎鼾而嚲[7]。女數以レ錐刺レ之、三郎酣寢自若。狐去始覺二痛楚不レ可レ忍。而血沾二染茵褥一。是夜、六郎獨過二荒祠側一。忽聞狐嘷一聲。乃伏二草畔一、屏息窺レ之。

瞥見一線白光出二於祠中一。即一老狐戴二髑髏一、拜二北斗一。拜已、一滾轉毛皮褪落、化二姣男子一趨去。六郎拾二其遺皮一、回報二廷尉一。廷尉曰、得矣。可三留以見二其變一也。頃之、果窓外狐呼曰、還二我物一、還二我物一。如還、感且不レ朽。如不レ還、將三枕レ邱一矣。六郎挾二弓矢一躍出、狐驚奔。六郎入、復來搶レ地號咷。又率二種類一與倶。將監欣然勞二諸士一。且請二廷尉一曰、狐既噬レ臍、願曲宥レ之。廷尉笑而允レ之。于レ是六郎痛責レ之曰、妖魅可二遠去一。再祟二主人女一、薫二爾巣穴一、盡礫レ之。狐堅設二誓言一。乃取レ皮擲還。女病若レ失。

天明二年、會津油田村曽平以二逋賦一、吏籍二其家一。見三梁間懸二一匣一、問レ之。答曰、此中不レ知二何物一。高祖已來、戒勿二輕啓一。吏遂啓レ之。中有二義經公借レ粟券一。蓋公入レ奥時、借二粟七斗於其家一、其文曰、若無レ歸レ國、宜レ受二官斷一。因聞二于官一、官乃給二曾平一以二口糧三百担一、自二文治四年一至二天明二年一、凡五百九十六年也。池北偶談載下明朝得二劉玄德借金券一事上、同日之談也。

〔書き下し文〕　源廷尉、奥に赴く時、路を北陸に取り、三橋の将監《しやうげん》が家に詣り、淹留《えんりう》すること数

6　原文は「慒」に作る。
7　原文は「軃」に作る。

日。將監に女《むすめ》有り。笄に及び忽ち狐媚《こび》に遭ひ、禱治《たうぢ》效無く、將《まさ》に半年に及ばんとす。女の體本《もと》肥大なり。此に至りて骨立ちて柴の如し。將監深く之を憂ふ。廷尉之を聞き、武藏坊辨慶、龜井六郎等に命じ、每夕出でて之を踪跡せしむ。又た伊勢三郎をして留まりて女の寢所を護らしめて、曰く、「狐至らば當《まさ》に手刃《しゆじん》して以て報ずべし」と。夜分、狐至れば、三郎懵然《ばうぜん》として、女足を以て之を躡《ふ》むも覺むる罔《な》し。寤《さむ》るに比《およ》び、女昏臥《こんぐわ》し、狐去ること久し。次夕、三郎曰く、「當《まさ》に寐ねずして以て之を瞰《み》るべし。倦《う》めば則ち錐を引きて我が臂を刺せ」と。狐來たれば、三郎鼾《いびき》して躺《ふ》す。女數《しばしば》錐を以て之を刺すも、三郎酣寢《かんしん》し自若たり。狐去りて始めて痛楚忍ぶべからざるを覺え、而して血は茵褥《いんじよく》を沾染《せんせん》す。是の夜、六郎獨《ひと》り荒祠の側を過り、忽ち聞く、狐嘷《こかう》の一聲を。乃ち草畔《さうはん》に伏し、屛息《へいそく》して之を窺ふ。瞥見《べつけん》すれば一線の白光、祠中より出づ。即ち一老狐髑髏《ころ》を載き北斗を拜す。拜し已《お》はりて、一滾轉《こんてん》すれば毛皮褪落《たいらく》し、姣《みめよ》き男子と化し趨り去る。六郎その遺皮を拾ひ、回りて廷尉に報ず。廷尉曰く、「得たり。留めて以てその變を見るべきなり」と。之を頃《しばら》くして、果して窓外に狐呼びて曰く、「我が物を還《かへ》せ、我が物を還《かへ》せ。如し還さば感じて且《か》つ朽ちず、如し還さざれば、將に邱に枕せんとす」と。六郎弓矢を挾み躍り出づれば、狐驚き奔る。六郎入れば、復た來りて地を搶《つ》き號咷《がうたう》す。又た種類を率ひて與に俱す。將監、欣然として諸士を勞し、且つ廷尉を請ひて曰く、「狐既に臍《ほぞ》を噬《か》む。願はくは曲げて之を宥《ゆる》せ」と。廷尉笑ひて之を允す。是《ここ》において六郎痛く之を責めて曰く、「妖魅遠く去るべし。再び主人の女に祟《たた》れば、爾が巢穴を薰じて、盡く之を磔《たく》せん」と。狐堅く誓言を設く。乃ち皮を取りて擲《なげう》ち還す。女の病失《やまひ》するが若し。
天明二年、會津《あひづ》油田村曾平、逋賦《ふふ》を以て、吏、その家を籍す。梁間に一匣を懸くるを見て之を問ふ。答へて曰く、「此の中、何物かを知らず。高祖已來、戒めて輕く啓くこと勿からしむ」と。吏、遂にこれを啓く。中に義經公の粟《ぞく》を借るの券あり。蓋し公、奥に入る時、粟七斗をその家に借る。其の文に曰く、「若し國に帰ること無くんば、宜しく官斷を受くべし」と。因りて官に聞く。官乃ち曾平に給するに口糧三百担を以てす。文治四年より天明二年に至るまで、凡そ五百九十六年なり。『池北偶談』に、明朝に劉玄德が借金券を得る事を載す、同日の談なり。

〔**語彙注釈**〕　○源廷尉　源義経、平治元年（一一五九）〜文治五年（一一八九）。元暦元年（一一八四）、後白河法皇より左衛門少尉、検非違使に任じられた。廷尉とは左衛門尉（左衛門府の判官、六位相当）と検非違使とを兼ねた場合の俗称。　○将監　本来、近衛府の四等官の判官のこと。ここでは、桜井の庄の豪族を指す。　○淹留　長くとどまる。　○笄　本来は束ねた髪をとめるもの。こうがい。古代中国では、女子は成人の儀式として、十五歳で婚約し笄を挿した。転じて女子の十五歳を指す。　○狐媚　狐が人を化かすこと。　○禱治　祈祷して病気などを治療すること。　○骨立如柴　痩せて骨と皮だけになること。　○武藏坊辨慶　義経の郎党。僧兵。　○龜井

六郎　亀井重清。義経の郎党。　○踪跡　ここでは、あとをつけること。　○伊勢三郎　伊勢義盛。義経の郎党。　○手刃　自分の手で刀を取って切り殺すこと。　○懵然　ぼんやりしているさま。　○昏臥　気を失って倒れ伏す。　○酣寝　熟睡する。　○痛楚　いたみ。また、いたみ苦しむこと。　○沾染　ぬらし染める。　○茵褥　しきもの。しとね。　○狐嗥　「嗥」は「嘷」の俗字。狐の鳴き声。　○草畔　草叢の側。草叢のわき。　○屏息　息をひそめる。　○瞥見　ちらりと見る。また、ちらりと見える。　○骷髏　死人の頭骨。髑髏。　○滾轉　「滾」も「轉」もころがること。回転する。　○褪落　脱げ落ちる。　○感且不朽　大変感謝する、感謝にたえないの意。　○枕邱　清・雍正以後、「丘」字を「邱」に作る。丘を枕にする。狐が死ぬこと。『礼記』檀弓上に「狐死首丘（狐は死ぬとき自分の住んでいた丘の方向に首を向ける）」とある。　○搶地　地を搶く。頭を地面につけて、憐れみを乞う。　○號咷　泣き叫ぶこと、大声で泣くこと。　○噬臍　臍を噬む。取り返しのつかないことを後悔すること。　○妖魅　妖怪。　○磔す　裂く、体を引き裂くの意。　○天明二年　西暦一七八二年。天明四年に田沼意知が殺され、六年に意次が失脚している。　○逋賦　税を逃れる、税を滞納するの意。　○籍　税の取り立て。税を取り立てる。　○高祖　祖父の祖父。高祖父。または、遠い祖先。　○粟　ここでは、穀物の総称。　○券　証文。　○斗　十升。日本の一斗は約十八リットル。　○官斷　その事に対して判断を下す。　○口糧　一人当たりに支給する食糧。　○担　「石」に同じ。一石は容量で十斗。　○文治　一一八五

〜一一九〇年。文治元年十一月二十三日に朝廷が頼朝の要請により諸国への守護地頭設置を認める勅許を出し（文治の勅許）、文治五年には義経をかくまった奥州藤原氏が滅ぼされている。文治四年は一一八八年。〇池北偶談　清の王士禎撰。全二十六巻。巻二十一の「昭烈券」に「獻賊破荊州時、民家有漢昭烈帝借富民金充軍餉券、武侯押字、紙墨如新。見『綏寇紀略』」。「獻賊」は明末の農民反乱軍の指導者、張献忠。「漢昭烈帝」は劉備。〇同日之談　同じような話。

〔解説〕　「三橋将監」とは、「水橋将監」のことであろう。源義経が水橋城（現富山県富山市）に水橋将監を尋ねたことは、『餘珠』とほぼ同時代の野崎雅明撰『肯搆泉達録』[8]巻之十五「古城事跡神社仏閣水橋城」の項に「水橋城　水橋将監住すと云ふ、義経奥州下りの時、此に水橋安藝守と云ふあり」と記される。また、妖術退治の事については、野崎雅明の祖父野崎伝助が撰述した『喚起泉達録』[9]（正確な年代不明であるが享保十六年までに完成されたという）巻之十二に、「義経越中ヲ直ニ通リタマヘルゴトクナレ共左ニハアラズ。魚津ニ一年逗留マシ〳〵タリ。是ハ其比櫻井ノ庄一箇ヲ領セル北面ノ侍ヲ水橋安藝守ト云リ。彼義経ナルヿヲ知テ爰ニ止メ奉ル。去共其名乗ナケ

8　野崎雅明撰、文化十二年書、富山日報社、明治二十五年刊、三三九頁。
9　越中資料集成十一『喚起泉達録　越中奇談集』資料集成編集委員会編、桂書房、二〇〇三年、一二九頁。

レバ只山伏ヲ止タルト也」とあり、水橋将監が一年ほど義経を魚津に匿ったことが記される。その折、そのことを他人に知られないようにするため義経一行を娘の妖気退治のために招聘した行者一行といつわった（水橋義経ヲ止奉ルコトヲ人ニ知レジト「我持ル一人娘ノ乱氣シ妖ノツキタル故、行者ヲ止テ祈祷セル由ヲ云リ」）らしい。蛠洲の時代に富山では広く伝わっていた「話」であったのかもしれない。

　そもそも、義経の物語は、江戸時代の講談や歌舞伎では、人々の好む代表的演目の一つであった。同時に、義経が奥州に逃れるために立ち寄った地域では義経にまつわるエピソードがたくさん創られて行った。北陸の地も例外ではない。本話は、狐の変化と義経一行の知勇を結びつけた富山における義経伝説の一つと見ることもできる。

　後半の部分は、当時、全国に広まっていた義経の借用書の話を漢文にしたものであり、中国にもあった劉備の借用書という類話も添えている。

　義経の借用書発見のことは、東北の各所に伝わっているようであるが、『寛延雑秘録』「奥州会津義経御判物の事」[10]には次のように見える。

　奥州会津沖田村百姓惣平、寛保二年四月暮、御年貢相済ず、公儀より欠所仰付られし所、右惣平住居の家の棟木に先祖より代々箱に入、その上を幾重ともなく包み、終にひらき見る事もなきよしにて結付これ有、此度切落し見る所に左の通書付これあり、其書に曰、

此度北狄へ相渡候為二粮米一粟七斗致二借用一者也、帰参無レ之候者、其時之将軍可レ願二裁断一者也、

文治四年四月十八日

伊予守源義経判

会津沖田村

惣平どの

筆者亀井六郎と有

これによって公儀へ相達し御吟味の上、惣平へ知行三百石下し置れけるとぞ

粮米粟七石といい、知行三百石といい、その数字は本文と全く同じである。ただ村名は異なる。また、永青文庫蔵『寛延奇談』にも、同様の話が収められている。ここも村名は「会津細田村」と記され、やはり、本書の村名とは異なるものの、奇談として全国に伝わっていたことが推測される。

一方、『池北偶談』（清の王士禎撰、一七〇一年）の巻二十一昭烈券に、明の張献忠が湖北省荊州を陥落させた時、前漢の劉備のサインのある借用書があったが、真新しい紙と墨が用いられていた（本話【語彙解釈】の項参照）と記されている。明の滅亡は一六四四年、後漢末（三国）の劉備活

10　『未刊随筆百種』第五巻、三田村鳶魚等編、中央公論社、昭和五十二年、四百六〜四百七頁。

羅の時代は紀元二〇〇〇年前後、つまり、一八〇〇年ほど前の「書付」ということになる。やはり白髪三千丈の国である。時間の長さは日本の比ではない。

第三話　胡僧―「バテレン」の術―

〈現代語訳〉　ある宣教師が長崎の出島に住んでいた。焼き菓子売りの女房は殊の外美しく、宣教師はそれを見て気に入った。ひそかに取り持ち婆に頼んで気持ちを伝え、その女が拒むと、今度は、その婆に髪の毛を一本もらってくれと頼んだ。女が「そんなもの欲しがってどうするのですか」と聞くと、婆は「他でもありません。いささか飢えをいやそうと思っているのです」と言った。女はそれでも変だと思い、夫に話した。夫は「台所の要らない馬素（馬の尾の毛）の篩《ふるい》から毛を抜いてそれで試してみろ」と言った。女房は夫の言う通りにした。すると、その夜、突然篩が窓の下まで転がって、勢いよく跳び出して出て行った。家族みな驚いたが、夫はもともと度胸があると自負しており、こっそりその篩をつけていって、どうなるかを見た。篩は城西（町の西）の木の下までくるくる転がって行った。そこには、一人の宣教師が首を長くして立っていた。何か待っているようだったが、突然、篩が来たのを見て、すぐさま飛び上がって逃げ去ると、篩はもう動かなくなった。それで、宣教師が妖術を使って篩を操っていたことが分かった。次の日、役所に訴えると、役所は宣教師を捕えて、牢屋に繋いで殺した。

〔原文〕 有二胡僧一寓二乎長崎嶼一[11]。賣二酥餅一者妻有二殊色一。僧見而悦レ之、私托二媒媼一以致二其意一。婦不レ允、再使三媼索二其一縷髪一。婦問、覓レ之何為。媼曰、無レ他。欲三聊療二調飢一耳。婦猶疑レ之、遂白二其夫一。夫曰、廚下廢馬尾羅、爾拔以試レ之。妻如二其言一。是夕羅忽滾轉至二窗下一、躍然踰レ之出。合家駭詫、夫素負[12]二膽勇一、潛尾レ之、以瞰二其變一。羅輪轉而行至二城西一樹下一、見二一僧鵠立一。若レ有レ所レ期。忽見二羅至一、俄飛レ身遁去。而羅寂不二復動一。始知僧以二妖術一攝レ之也。次日首二于官一、官迺拘レ僧、繫二囹圄一而斃。

〔書き下し文〕 胡僧有り、長崎嶼《しょ》に寓す。酥《そ》餅《へい》を賣る者の妻、殊色有り。僧見てこれを悦び、私かに媒媼《ばいおう》に托して、以て其の意を致す。婦允《ゆる》さざれば、再び媼をして其一縷《いちる》髪を索めしむ。婦問ふ、「之を覓《もと》めて何をか為さん」と。媼曰く、「他なし。調飢《てうき》を聊か療せんと欲するのみ」と。婦猶

11 原文は「嶴」に作る。
12 原文は「屓」に作る。

ほ之を疑ひ、遂に其の夫に白す。夫曰く、「廚下の廢せし馬尾羅《まびら》、爾抜きて以て之を試せ」と。妻其の言の如くす。是の夕、羅は忽として滾轉《こんてん》し窗下に至り、躍然として之を踰えて出づ。合家駭詫《がいた》するも、夫素《もと》膽勇《たんゆう》を負《たの》む。潛かに之を尾し、以て其の變を瞰《かん》す。羅は輪轉して行きて城西の一樹下に至れば、一僧の鶻立《かうりつ》するを見る。期する所有るが若し。忽として羅の至るを見て、俄かに身を飛ばして遁れ去る。而して羅は寂として復た動かず。始めて知る、僧は妖術を以て之を攝《あやつ》ることを。次の日、官に首《つ》ぐ。官は迺ち僧を拘へて、囹圄《れいぎょ》に繋ぎ斃《ころ》す。

〔語彙注釈〕　○長崎嶼　元和元年（一六一五）に切支丹追放令が発布されたが、その後も数十人の宣教師が来たとみられる。一般には九州近辺の島へ上陸したり、隠れ住んだりしたと伝えられる。　○酥餅　パイ皮に似た焼き菓子。　○殊色　素晴らしい美貌。　○媒媪　仲人。　○一縷　一本。　○調飢　非常な空腹。　○廚下　台所の下。　○馬尾羅　円形の枠に馬の尾の毛を張ったふるい。　○滾轉　ころがること。　○躍然　高くおどり上がるさま。　○合家　家族全員。「闔家」とも記す。　○駭詫　おどろき不思議に思うこと。　○瞰　見下ろす。　○膽勇　肝っ玉。物事に驚いたり怖れたりしないこと。　○輪転　くるくる回ること。　○鶻立　まっすぐに立って何かを待っている様子でいること。　○首　告げること。申し述べること。　○囹圄　牢獄。　○斃　たおす。殺す。

〔解説〕　さて、ここにはキリスト教禁止令（一六一三）下の日本における不思議な宣教師のことが記されている。禁教令下ではあったが、長崎の小島には、幾人かの宣教師が来たと伝えられる。江戸時代最後の宣教師は、イタリア人司祭ジョヴァンニ・バッティスタ・シドッティであるとされる。彼は、宝永五年（一七〇八）八月に単身で屋久島へ上陸し捉えられて江戸で尋問を受け、幽閉されて病死する。その尋問を担当したのは新井白石であり、そこでの聞き取りは『西洋紀聞』に記されている。白石は、シドッティからたくさんの事を学んだが、多くの人々は、アジア人とは異なるシドッティの言葉と外貌に偏見と懼れを抱いていたに違いない。

　この一話は、そのような時代背景のもとで書かれたのであろう。なお「胡僧」の「胡」は外国のものということ。胡椒、胡麻、胡桃、胡瓜など「胡」を冠する物は、みな西方にルーツを求めることができる。よって、ここでは「胡僧」を宣教師と解釈した。

　なお、今では珍しいが、ふるいの底に馬の尾毛を用いることは、江戸時代の百科事典『和漢三才図会』（巻三二）の「厨房具」に「漉水嚢」として「按ずるに僧家六物漉水嚢はその一つなり。以て水を漉《こ》す可く、今多く馬の尾毛を以て之を織って捲盒《わげもの》の底に張る。馬尾、水に値ふて漫《ほとび》ず。以て久しきに耐ゆ」と見える。また、新井白石の語源解釈の書『東雅』（一七一七年）巻十一器用第十一の「篩」の項に「今のごときは、竹器のみにあらず、絹をもて底となす、キヌブルヒといふもの、馬尾をもて羅となす、スイノウなどいふあり」とある。

第四話　豪飲―炎を吸いこみ死んだ大酒飲み―

〔現代語訳〕　大坂に大酒飲みがいた。焼酎を数升飲んで、ぐでんぐでんに酔っぱらって寝ていた。夜中にしきりに呻いたので、妻が灯りをともして夫の顔を見ると、口を開いて噎せびそうだった。するとたちまち、息で灯りを吸い込み、炎が口中に広がった。（妻が）びっくりして水を汲んで注ぐと、腹の中でシューシューという火を消すような音がして死んでしまった。

〔原文〕　攝都有二豪飲者一。喫二火酒一數升、大醉而臥。中夜頻呻、妻起持レ燭視二其面一、張レ吻如レ欲レ噎。忽息氣吸レ燭、青燄滿口。大駭汲レ水澆レ之、則腹膈習習、有二如レ滅レ火聲一、遂死。

〔書き下し文〕　攝都に豪飲する者あり。火酒を喫すること數升、大《おほ》いに醉ひて臥す。中夜頻りに呻き、妻起き燭を持ちて其の面を視れば、吻《くち》を張り噎《むせ》ばんと欲するが如し。忽ち息氣燭を吸ひ、青燄滿口たり。大いに駭き水を汲み之を澆げば則ち腹膈習習《ふくかくしふしふ》として火を滅するが如き聲有りて、遂に死す。

〔**語彙解釈**〕 ○攝都 大坂。 ○呻 うなる。うめく。 ○吻 口先、口。 ○噎 むせぶ。 ○啖 「焔」に同じ。ほのお。 ○澆 そそぐ。 ○腹膈 腹はら、膈はみぞおち。 ○習習 擬音語。シュウシュウ、ジュウジュウ。

〔**解説**〕 このような事が実際起こるものなのかどうか知らないが、『餘珠』が書かれて約十年後の天保二年『三養雑記』(山崎美成著)[13]には、「焼酎の害」と題して、大酒を都合二升飲んだ男がタバコを吸おうとして口から炎が出て卒倒した「馬の口をとる下男」の話と、大酒を飲んだ後、火炉のそばでうつ伏せになって死んでいた「南八丁堀に住む独り住まいの男」の話が記されている。後者のうつ伏せ死の男、その傍らには煙筒がおいてあったので、タバコを吸うときの火を吸い、腹中のアルコールに引火して死亡したというのが医者の見立てとか。これらの話は、大坂ではなく江戸のことのようであるが、身体の中の焼酎が燃えて焼け死んだ話は、まことしやかに伝わっていたのであろう。

13 日本随筆大成第二期6『清風瑣言・近世奇跡考』日本随筆大成編輯部編、吉川弘文館、一九九四年、九九〜百頁。

第五話　地震―大地震で地中に埋まり、十二年後、大地震で生還した男の話―

〔現代語訳〕　九州のとある村の住民の多くは、川沿いに家を構えていた。享和三年（一八〇三）、川岸の土手の一部が水に押し流されて、壊れた家が一軒現れ出た。その中から人の声が聞こえる。助け出してみると顔色は青黒く、髪もぼさぼさでお化けのようだった。外気に触れると気絶した。半日して、やっと蘇って話したことである。三人で酒蔵に入って仕事をしているとき、突然、地震にあって、土の中深く落ちこんでしまった。幸に梁と柱がしっかり立っていて押しつぶされずに済んだが、（出口が）ふさがって出ることができず、長しえに埋もれたままでいる運命だとあきらめた。しかし、十数個の大桶にはどれもみな酒が蓄えらえていて、少しもひっくり返らなかったので、餓えるといつもそれを飲んだ。意識は朦朧として、気持ちもひどくふさいでいたので、正確な日付はわからないが、一人は一年ほどで死に、もう一人は五年余りで死んだという。おそらく、右の地震は寛政四年（一七九二）の事だろうから、あわせて十二年間土中にいて、再び日の目を見ることができたのである。数か月養生して、やっと元の姿に戻った。三人の妻子はみな存命であったので二人の遺骨を取りだして葬った。人が土の中にいるというのは、蛇や虫が冬眠するようなもので、すぐに死ぬるものではない。

〔原文〕　鎮西某村居民、多家二于河側一。享和三年、一墶畔被二水冲塌一、露二一敗屋一。中聞二人語一、扶而出レ之、則一人面色青黑、鬢髪蓬蓬如二鬼物一。見レ風始絶、半日乃漸甦、云、曾三人入二酒庫一操作、忽値二地震一、深陷二于土中一。幸梁柱巋然、得レ不レ壓。然壅閉不レ能レ出。自分長埋矣。而巨桶十數、皆貯レ酒。不二少傾覆一、每レ餒輒飲レ之。昏昧中幽悶萬狀、亦不レ記二年月一。以レ意度レ之、一人一年許而死。一人五年餘而死。

蓋右地震寛政四年事、前後十二年在二土中一、得三重覩二天日一。調治數月、始復二本形一。而三人妻子並存、乃取二二人骸骨一葬焉。人之在二土中一、猶二蛇虫蟄一、急切未レ能レ死也。

〔書き下し文〕　鎮西某村の居民、多く河側に家す。享和三年、一墶畔、水に冲塌《たう》せられ、一敗屋を露《あら》はす。中に人語を聞く。扶けて之を出だせば、則ち一人ありて面色青黑、鬢髪蓬蓬として鬼物の如し。風を見て始めて絶す。半日して乃ち漸く甦《よみがへ》りて、云ふ「曾て三人、酒庫に入りて操作す。忽ち地震に値ひ、深く土中に陷《おちい》る。幸に梁柱巋《ぎ》然として、壓せざるを得。然るに壅閉《ようへい》して出づること能はず。自から分とす、長しえに埋もれんと。而るに巨桶十數皆酒を貯《たくは》ふ。少しも傾覆せず、餒《う》ゆる毎に輒ち之を飲む。昏昧中、幽悶萬狀たりて、亦た年月を記さず。意を以て之を度るに、一人は一年許にして死す。一人は五年餘にして死す」と。

蓋し右の地震は寛政四年の事、前後十二年土中に在りて、重ねて天日を觀《み》るを得、調治すること数月、始めて本形に復す。而して三人の妻子並びに存し、乃ち二人の骸骨を取りて葬る。人之土中に在るは猶ほ蛇虫の蟄《ちつ》するが如く、急切に未だ死ぬこと能はざるなり。

〔**語彙注釈**〕　○鎮西　西海道の別名。西海道とは、五畿七道の一つで、九州とその周辺の島々の行政区分。○享和三年　一八〇三年。○一塍畔　川岸の土手の一部分。○冲塲　「冲」は「衝」と同く、ぶつかる、つくなどの意。「塲」はおちる。「冲塲」は水に押し流されること。○鬅髪蓬蓬　髪も鬢もぼうぼうのさま。○操作　仕事をする。○巋然　山などのそそり立つさま。○壅閉　ふさがり閉じる。○自分長埋　『耳食録』巻二「煤夫」に「山塲之日、我適立于支木之下、得不壓。然前壅不能出、自分長埋矣、悲泣不已」とある。○傾覆くつがえる。ひっくりかえる。○餒う　飢える。○昏昧中　意識が朦朧とする中。○幽悶　憂い嘆く。憂い悶える。○調治　治療、養生。○蟄　虫類が土中に隠れること、冬ごもりをすること。○急切　即座に、すぐに。

〔**解説**〕　一七九二年五月二十一日（寛政四年四月一日）、肥前国島原（現在の長崎県）では雲仙岳の火山性地震が発生し、その後、眉山の山体崩壊（「島原大変」）とそれに起因する津波が島原や肥後国（現在の熊本県）を襲った（「肥後迷惑」）と伝わる。その時のことが全国に知れ渡っていたのだ。それから十二年経って洪水が起こったのだろう。ただ、それがどこでどのように起こったのか。今のところ享和三年に洪水があったという資料は見出せない。国土交通省 九州地方整備局 筑後川河川事務所のホームページ「筑後川の洪水の歴史」に依れば、享和二年に「大雨洪水―（五月十五日）耳納山系山津波、宮地出水一丈九尺余、下淵農家九戸流失、その他石垣崩れ、大破流失あり」とある。或いは、「川岸の土手の一部が水に押し流されて、壊れた家一軒が現れ出た」のは、享和二年のこの大雨洪水の時のことかもしれない。大地震や洪水が多発する昨今、胸に迫るものがある。

類似の話は、『聊斎志異』「龍飛相公」（第四巻）に付された「異史氏曰」に次のように見える。かつて、蒲松齢の故郷で、石炭採掘の折、坑道が水に浸って、十数人が呑まれたが、二か月後、水を干し上げて全員を生きたままで助け出すことができた。助け出された者は、風に当たると気絶し（「見風始絶」）、一昼夜ののち息を吹き返した、と。蒲松齢は、その出来事に関して、「人在土中、猶蛇鳥蟄、急切未能死也（人間は地下では、蛇や鳥の冬ごもりと同じで、なかなかすぐには死ねないものだ）」という感慨を記している。表現と内容の両面で、『余珠』が『聊斎志異』に影響を受けたことが窺える。

第六話　池貸成―洒脱な文人画家―

〔現代語訳〕　京都の絵師池貸成は、闊達な人柄で物事に拘らなかった。ある日、郊外に出かけて、日が暮れてしまった。たまたま禅寺を見かけ、門を叩き一夜の宿を乞うたが、役僧ははっきり口に出して断った。貸成は憤然として去ったが、行く当てはない。そばの竹林に入り地面に座った。枯葉が地面を覆いサクサクと音がしたが気にせず、少し疲れていたので眠ってしまった。夜が明けて枯葉を見ると、ミミズのような小さな蛇がたくさんいた。寺の方丈が出てきてはじめて池貸成であると知り、丁寧に詫びて、駕籠を命じて、家まで送り届けさせた。妻の玉瀾も絵が上手く、その人柄も貸成とお似合いだという。

〔原文〕　京師画工池貸成、佻達不レ拘。一日野行、日忽暝。偶見二一禪院一、欵レ門覓二一宿一。知事出レ語峻却。貸成怫然去、而無レ所レ往。側入二竹林一露坐。枯葉滿地、索索有レ聲、不二以為レ意。稍倦而睡。天明視レ之、則小蛇如レ蚓者甚多。主僧出見、始知二其貸成一。殷勤引レ咎、命レ輿送還。妻玉瀾[14]亦善レ画、而其為レ人能配二貸成一云。

〔書き下し文〕　京師の画工池貸成は、佻達《てうたつ》にして拘《こだ》わらず。一日野行し、日忽として暝《くら》し。偶《たまたま》一禪院を見、門を欵《たた》きて一宿を覓《もと》む。知事語を出だして峻却す。貸成怫然《ふつぜん》として去る。而るに往くところなし。側に竹林に入り露坐す。枯葉滿地、索索として聲《こゑ》有るも、以て意と為さず。稍《やや》倦みて睡《ねむ》る。天明けて之を視れば則ち小蛇の蚓の如き者甚だ多し。主僧出でて見、始めて其の貸成たるを知る。殷勤に咎《とが》を引き、輿《こし》を命じて送還せしむ。妻玉瀾も亦た画を善くす、而して其の人と為り能く貸成に配すと云《いふ》。

〔**語彙解釈**〕　○佻達　軽薄で自由気ままなさま。ここでは、鷹揚なさま。○暝　暗いさま。○欵　案内を求めて門をたたくこと。○知事　役僧。禅寺において事務をつかさどる人。○峻却　強く退けること。○怫然　怒りが顔に出るさま。むっとするさま。○索索　サラサラカサカサ音がする事。○蚓　ミミズ。○殷勤　慇懃と同じ。真心がこもっていて、礼儀正しいさま。○引咎　咎を引く。責任を負うこと。詫びること。○配す。　釣り合う。似合う。

〔**解説**〕　中国南北朝の宋代に、劉義慶が編纂した『世説新語』という本があるが、日本にも入

14　原文は「闌」に作る。

り、江戸時代には、『世説新語』と『語林』という書の選集本である『世説新語補』の和刻本も出版されて大いに読まれた。『世説新語』は、人物のエピソードをデフォルメして記し、登場人物のユニークさを際立たせるという手法をとる。本話もそれに類似した手法を用い、エピソードからその人を描こうとしている。

この一話の主人公・池貸成（一七二三〜一七七六）は、江戸時代中期の画家、書家。大雅という名で通っている。代表作に「山亭雅会図」「楼閣山水図」、与謝蕪村との合作「十便十宜帖」などがある。

大雅は、作品よりその奇行によって名を馳せた。「芸術家の名声は、その周囲に様々の伝説を生むことによって、多くのスノッブを惹きつける場合と、そうした雑音と関係のない静寂のなかにゆっくり拡がる場合と二種あり、たとえばピカソが前者なら、マチスは後者だろう。わが大雅は近世のあらゆる画家のなかで、最も伝説に包まれた画家であった。そして多くの人々は、彼の作品そのものよりも、その奇行の評判によって名を知ったのである」[15]というように、奇行は広く知れ渡っていた。

また、多くの人が彼の奇行を文章にした。そのうち、「雅量」ぶりについては、蜍洲が慕う江戸中期の儒者・清田儋叟も『孔雀楼筆記』（明和五年）の中で記している。本書上冊「禿醫」[16]の項でも記したように、蜍洲はその書を読んでいたと思われることから、本話もそれによって漢文化したと考えられる。その部分は以下のようである。

又嘗テ謂《イヘ》ラク、「カツテ和州ニ遊ビ、宿頭《ヤド》ヲ失ス。已《スデ》ニ夜ニ入ル。一寺ヘユキ、書牘《テガミ》ヲ投ジテ宿ヲ請《コ》フ。寺僧許サズ。トアル所ノ竹林ノ中ニ入《イリ》テ、趺座《フザ》シテ暁ヲ待ツ。終夜《ヨモスガラ》ナニヤラン、傍《カタハラ》ニ薮ゝ《カサカサ》ニ響キシ。夜明テミレバ、蓑ニモ笠ニモ、小蛇数條《ヘビイクスジ》マツハレ居タリ」ト。[17]

なお、同様の話は、文政八年の大田南畝の『仮名世説』にも次のように見え、よく知られた話のようであった。

名の実にかなへるは大雅堂なるべし。駔儈《スハイ》の風、軽薄の習、つゆばかりもなし。…かつて和歌にあそびて行脚せし比、やどをとりうしなひすでに夜に入る。一寺へゆきて書牘を投じて宿をこひしに、寺僧許さゞれば、とある所の竹林の中に入て趺坐して暁をまつに、夜もすがら何やらんかたはらにてがさ〱としゝが、夜あけてみれば蓑にも笠にも小蛇いくすぢも集り居たりといへり。[18]

15　『木村蒹葭堂のサロン』中村真一郎著、新潮社、二〇〇〇年、二三九頁。
16　『漢文小説「蜐洲餘珠」(巻上)を読む　富山文学の黎明（一）』桂書房、二〇一六年、九六頁。
17　『日本古典文学大系96　近世随想集』中村幸彦等校註、岩波書店、一九六五年、三三七頁。
18　『大田南畝全集　第十巻』岩波書店出版、一九八六年、五六七～五六八頁。

第七話　眩術二則　—目くらましの術二つ—

①〔**現代語訳**〕　笠森長蔵という人は奇術師である。どこの人かわからない。その庭に桃の木が一本植えてあり、秋になり枝もたわわに実がなると、村の子供の中には盗んで食うものも多かった。長蔵はそれをいやがり、子どもたちを呼び集めて言った。「誰が東方朔の真似をした」と。みんなは「そんなことするもんですか」と言った。長蔵は「おまえたちが言わないなら、私が当ててやる」と言うと、手のひらに桃の絵を朱で書いて、これを投げると、それが手から離れて、盗んだ子の顔にくっついた。一つとして誤ることはなかった。その後、欺こうとする者はいなくなった。

〔**原文**〕　笠森長蔵者、奇術士也。不レ知二何許人一。其園栽二桃一株一。迨レ秋纍纍滿レ枝。村豎多二偸啗者一。長蔵惡レ之、呼二聚衆兒一曰、誰為二東方朔一者。僉云、不レ敢。長蔵曰、鼠子不レ言、我明指レ之。便於二掌上一朱二書一桃一、抛レ之輒脱去、落二印盗者面上一。百不レ失レ一。後レ此無二肯欺レ之者一。

〔**書き下し文**〕　笠森長蔵なる者は、奇術の士なり。何許《いづこ》の人なるかを知らず。其の園に桃一株を栽う。秋に迨《およ》べば纍纍として枝に滿つ。村豎《じゅ》、偸み啗《く》ふ者多し。長蔵、之を惡み、衆兒を呼び聚めて曰く、「誰か東方朔《とうぼうさく》為る者ぞ」と。僉《みな》云ふ、「敢へてせず」と。長蔵の曰く、「鼠子《そし》言はざれば、我明らかに之を指さん」と。便ち掌上に一桃を朱書して、之を抛《はう》れば輒《すなは》ち脱し去り、落ちて盗者の面上に印す。百に一を失せず。此れより後、肯へて之を欺むく者無し。

〔**語彙解釈**〕　○何許　いずこ。　○迨　およぶ。いたる。　○纍纍　累累。ものが重なり合って並んでいるさま。　○竪　竪と同じ。こども。　○啗う　食べること。　○東方朔　生没年不詳。前漢時代の人。字は曼倩。滑稽と弁舌とで武帝に侍した、御伽衆的な人物。西王母の桃を盗んだ人物という伝説がある。例えば、『漢武故事』に「東方國獻短人。帝呼東方朔。朔至、短人指謂上曰、王母種桃。三千歳一子、此子不良。已三過偸之矣」（東方國、短人を獻ず。帝、東方朔を呼ぶ。朔至る。短人、指して上に謂ひて曰く、「王母、桃を種う。三千歳に一たび子すも、此の子、良からず。已に三過(度)之を偸む」。）とあり、西王母が植えた三千年に一度しかならない桃の実を三つも盗んだことが記されている。　○鼠子　ねずみめ。人を罵る詞。　○僉　みな。　○脱去　（手から）離れること。　○百不失一　百のうちで一つもしくじらない。漢・王充『論衡』「須頌」に「従門應庭、聽堂室之言、什而失九、如升堂窺室、百不失一」と見える。

〔**解説**〕　江戸時代は、世の中が安定し、小屋掛け興業も各地で行われ、手品、マジックの総称

「手妻《てづま》」という言葉も登場し、盛んに行われた。本話の手妻のトリックそのものは、案外簡単かもしれないが、具体的なやり方は不詳。桃を盗む場面に設定したのは、「東方朔」の語を用いたかったからであろう。

②〔**現代語訳**〕　宝暦年間のこと、村人の高田大輪という人は、狐を使って幻術を行うことができた。越前の僧侶の一宝もこの技ができると聞き、訪ねて行った。一宝は家に招き入れて酒を振舞った。夜も更けたので、大輪は暇乞いをして、そこを出た。すると前方が急に一面青い海と化し、幾層もの逆巻く波が見渡す限りどこまでも続いている。驚いて後ずさりし立ちすくむと、一宝がそれを笑い、袖を一振りした。すると、月が通りを照らしているだけだった。二、三日たって、大輪が一宝を旅の宿に招いたが、仕返しを警戒して来ず、是非にと言うと、やっと来た。（一宝が）帰ろうとして、戸を出るとまた戸がある。また出るとまたある。見ればなんとただ一枚の戸だった。しかし何度も出ようとしたが、ついに出ることができず、木彫りの鶏のように、呆然と立ちつくした。そこで、大輪は放して帰らせた。大輪は言った。「この術を使いたい者は、師匠がいなければ、油鼠を掛けて狐に食わせなさい。初めは二百メートル離れた所に懸け、毎日、二メートルずつ近づけて行けば、百日目には、手ずから食わせることができる。その後、それに名を付けて使役すれば、なんでも思い通りになる」。

〔**原文**〕　寶暦間、邑人高田大輪者、役レ狐能行二障眼術一、聞三越前僧一寶亦能二此伎一、往而問レ之。一寶延入行レ酒。夜闌大輪辭出レ門。前俄變二滄海一、層瀾驚濤、一望無レ際。大駭却立逡巡。一寶笑レ之、擧袖一揮、即月色滿レ街耳。經二二三日一、大輪迎二一寶於旅邸一。一寶疑二其報一、不レ來。強レ之後至。臨レ去出レ戸、又有レ戸、復出復有。視レ之原只一戸。而勉強數四、終不レ能レ出。呆立如二木雞一。大輪乃放レ之歸。大輪曰、欲レ行二此術一者、無二師傳一、則可下掛二油鼠一以啗上レ狐。初隔二百間一掛レ之、毎日近一間、至二百日一、則可二手啗一レ之。而後命二之名一、以供二驅使一。無下不二如意一者上。

〔**書き下し文**〕　寶暦間、邑人高田大輪なる者は、狐を役して能く障眼《しやうがん》の術を行ふ。越前の僧一寶も亦た此の伎を能くすと聞き、往きて之を問ふ。一寶延《まね》き入れて酒を行ふ。夜闌にして、大輪辭して門を出づ。前俄かに滄海《さうかい》に變じ、層瀾驚濤《そうらんきやうたう》、一望際無し。大いに駭きて却立して逡巡《しゆんじゆん》す。一寶、之を笑ひ、擧袖一揮すれば、即ち月色街に滿つるのみ。二三日を經て、大輪、一寶を旅邸《りよてい》に迎ふ。一寶、其の報を疑ひて來たらず。之を強いて後至る。去るに臨みて戸より出づれば、又た戸有り。復た出づれば復た有り。之を視れば原《もと》只だ一戸なり。而るに勉強すること數四なるも、終に出づること能はず。呆立して木雞《ぼくけい》の如し。大輪乃ち之を放ちて歸らしむ。大輪曰く、「此の術を行はんと欲する者は、師傳なくんば、則ち油鼠《いうしよ》を掛け以て狐に啗《くら》はす可し。初め百間を隔てて之を掛け、毎日、近づくること一間、百日に至れば、則ち手づから之を噉はす可し。而る後、之に名を命《な》づけて、以て驅使《くし》に供す。如意ならざる者無し」と。

〔**語彙注釈**〕 ○寶暦　一七五一年～一七六四年。徳川家重、家治の時代。 ○邑人　村人。 ○障眼術　目くらましの術、幻術。 ○延　ひく。 ○闌　たけなわ。真っ盛り。真っ最中。 ○滄海　青海原。 ○層瀾　層になった大波。 ○驚濤　荒れ狂う波。大きな荒波 ○却立　後ろへ退いて立つ。 ○逡巡　たちすくむ。ぐずぐずしてためらう。 ○月色　月の光。 ○旅邸　旅先での住居。 ○勉強　無理強いする。無理してする。 ○呆立　呆然と立つ。 ○木鶏　『荘子』達生篇に見えることば。木で作った鶏。 ○油鼠　油で揚げた鼠。狐を釣る餌にする。 ○噉　くらう。 ○間　長さの単位。一間は六尺、約一・八メートル。 ○駆使　駆使する。使役する。

〔**解説**〕　荒唐無稽な一話であるが、何かを捕まえる話は江戸の笑い話には少なくない。原作者自身もその漢文笑話集『囨譚』の中で「雀捕り」の手法をテーマとした漢文笑話を記している。また、徐々に近づいて小動物を捕まえる話としては、『宇喜蔵主古今咄揃』（延宝六・一六七八年）巻一の「雀捕りやうの事」や『善謔随訳続編』（寛政十・一七九八年）に「鷺を捕る術有り」がある。

ところで、本話に記された手妻と類似のものがあるかと思い、江戸を代表する手妻伝授本『放下筌』（平瀬輔世著、宝暦十四・一七六四年）をはじめとした関連の書籍を繙いて見たが、類する手妻は見当たらなかった。

第八話　啞蟬―目の錯覚―

〔現代語訳〕　啞蟬は私の古くからの友人である。ある日の夕方、妓楼に行くと、妓楼の女将は彼を追い払って「うちの部屋はお客さんでもう満杯です」と言った。啞蟬はがっかりして退却した。数十歩ほど行って後ろを振り返ると、その家の入口が半分開いて、ぼんやりとしたうす明かりの中で、手招きをしているように見えた。喜んで取って返し、近づいて見ると、白い犬が尾を振っていただけだった。

また江戸には女を売る人がいるという。金持ちの某が見に行くと、主人が一人の女を連れて来た。年は十五、六ほどで、美しく艶やかである。主人は「うちの娘は、みなこんなもので、歌舞音曲も上手です」と言った。。そこで、値を掛け合って帰った。翌日、主人は娘を連れて来た。それを見ると前見た女ではない。訝って、その理由を聞くと、次のような返事であった。「旦那さまがご覧になったのは見本ですよ」某は大笑いして、その女を受け入れた。

〔**原文**〕　啞蟬者余舊交也。一夕往二妓家一、鴇出揮レ之曰、我家後樓客已滿。啞蟬索然而退。行數十步、回視其門半開、隱隱燈光中、似レ有二招手一。欣然返レ步、近視有二白狗搖一レ尾耳。
又聞江城有二鬻レ姫者一。富翁某往觀、主人拽二一姫一出。年十五六、風姿韻絕。曰、我家所レ畜皆此類。吹彈歌舞、亦復婉妙。遂議二其値一歸。次日、主人送レ姫至。視レ之非二前姫一也。驚訝問二其故一、答曰、老爺所レ見樣姫耳。某大笑、遂納レ焉。

〔**書き下し文**〕　啞蟬《あせん》は余の舊交なり。一夕、妓家に往く。鴇《ほう》出でて之を揮ひて曰く、「我が家の後樓、客已に滿つ」と。啞蟬、索然として退く。行くこと數十步、回り視れば其の門半ば開き、隱隱たる燈光中、招手有るに似たり。欣然として步を返し、近づきて視れば白狗の尾を搖らす有るのみ。
又た聞く、江城、姫を鬻ぐ者有り。富翁某、往きて觀る。主人、一姫を拽きて出す。年十五六、風姿韻絕たり。曰く、「我が家の畜する所、皆此の類、吹彈歌舞、亦復た婉妙なり」と。遂に其の値を議して歸る。次日、主人姫を送り至る。之を視れば、前姫に非ざるなり。驚訝して其の故を問へば、答へて曰く、「老爺の見る所、樣姫のみ」と。某大いに笑ひ、遂に焉《これ》を納る。

〔**語彙注釈**〕　○鴇　遊郭で遊女と客の取り持ちなどをする女性。　○索然　しょんぼりしたさま。○風姿韻絶　姿かたちが美しく艶やかであること。○様姫　様は見本、様姫は、サンプルの女性。

〔解説〕　前半の登場人物は友人の「唖蝉」。「唖蝉」とは「鳴かない蝉」の意で、気弱な男性を皮肉ってつけたニックネームか。やり手が自分を呼んでいると思って勇んでいけば、白い犬が尾を振っていただけという勘違い話。また、後半は、江戸の金持ちの年寄りが妾を買いに行き見本の美女を見せられて醜女をつかませられる話。いずれにしても、両話に共通するのは、期待は知らずに幻想を抱かせ、幻想は錯覚や誤解を招くということか。

第九話　木判官―高祖民部公の伝説―

〔現代語訳〕　（高岡の）村東の三女子《さんよし》村の古祠の木判官は高さ三メートルほどで、両目の玉がない。乞食にでもえぐり取られたのだろう。永禄年間に、何度も凶作があった。私の高祖である民部公（寺崎民部左衛門盛永）は、穀物倉を開いて民に施し、この村にも施しの穀物の配給があった。そこで祠に作業場を設け、もみすりをしたが、（摺臼の）取っ手の縄を引くところがなく、（縄を引く）横木を神像（木判官）の頭のてっぺんに取り付けた。平吉という男が、その事を管理していた。「神への冒涜だ」と言う人もいたが、平吉は頑なでそれを聞きいれなかった。長い間、押したり引いたりするうち、神像の首が傾いて落ちそうになった。すると突然、平吉の首の横にできものができ、骨にまで届くほど痛みが激しく、三日間わめいて死んだ。そこで、皆で相談し神像を修復して、香を焚き祈りを捧げた。平吉の子の平九もまた強情で、祠を通るたびに神像を責め罵っていたが、たまたま木判官の背に椀ほどの大きさの穴が一つあるのを見て、手で探って何個か金の器をみつけた。盗品に違いないと思い、民部公に「めくらめは、盗人と同罪です。おきてに従って裁いてください」と訴えた。公が役所の文書を確認すると、やはり間違いなかった。そこで、神像をかついで荒れ谷に捨て、それがシロアリに喰われ朽ちるに任せた。まもなく、民部公もまた織田信長に迫られ、腹を切って果てた。しかし、私は、公が災いに遇ったのは必ずしも盲神の恨みによるものではないと思う。

最近、この村のある娘の話を聞いた。父親は獣医だったが早くに亡くなって、母親は寡婦を通していたが、突然結核を患い、家が貧しく、薬や食物を賄えなかった。娘はいろいろ思案したが方法がなく、十六宝図を売った。一枚三十六文銭を一口とし、天図が当たった者には、娘自らが一夜の歓楽を捧げるというものだ。軽薄な若者たちは争って賭けた。ほどなくして母が亡くなり、娘はそれ以後、機織りをし、貧困に甘んじて二度と馮婦のようなこと（元の仕事）はしなかった。

〔**原文**〕　邑東三女子村古廟木判官高丈許、兩目無レ珠。蓋為二鬼丐一所レ抉也。永禄[19]間歳頻歉。高祖民部公、啓レ廩賑散。村有二協[20]賑之粟一。即廟中設レ廠輾運。而捩柄無二引レ繩處一、因施二杆於神頂一。平吉者董二其事一。或曰、瀆二神黴一。平吉、木彊、不二肯聞一レ之。推挽久之、神首傾而欲レ墮。忽平吉頸畔發二一疽一、奇痛徹レ骨、號呼三日而斃。衆議加二修補一、爇レ香籲レ神。而平吉子平九亦剛鯁。每過二廟前一、輒誶二罵之一。偶見三神背穿二一孔一、如レ椀大。探レ手得二金器數事一。念是必盜贓物。迺訴二於公一曰、瞎鬼與レ賊均二其罪一。願准二典刑一。公稽二官牘一、果不レ謬。遂舁二神像一、棄二諸空壑一。任下其化二羽蟻一飜上。亡レ何公亦為二織田氏一所レ窘、破レ肚而終。然公之嬰レ禍、予未三必為二盲神之恨一矣。

　近聞此村有レ女。其父牛醫、早喪、母守二柏舟之節一、忽患二咯血症一。家赤貧、不レ能レ供二藥餌一。女籌思無レ計。於レ是賣二十六寶圖一。一圖以二三十六錢一為二孤注一。得二天圖一者、女躬奉二一夕歡一。儇薄少年爭注焉。亡レ何母死、女從レ此紡織、安レ貧不三復為二馮婦一矣。

19　原文は「録」に作る。

20　原文は「拹」に作る。

〔**書き下し文**〕　邑東三女子《さんよし》村の古廟の木判官、高さ丈許り、兩目珠無し。蓋し鬼丐の為に抉《ゑぐ》らる。永禄の間、歳頻りに歉《けん》なり。高祖民部公、廩《りん》を啓き賑散す。村、協賑の粟有り。即ち廟中、廠《しやう》を設け輾運す。而して捩柄《れいへい》、繩を引く處無し。因りて杅《てこ》を神頂に施す。平吉なる者、其の事を董《つかさど》る。或るひと曰く、「神徹《けい》を瀆《けが》す」と。平吉木彊《きやう》にして肯へて之を聞かず。推挽《すいばん》すること之を久《ひさし》くして、神首傾きて墮ちんと欲す。忽として平吉、頸畔一疽《そ》を發す。奇痛、骨に徹し、號呼すること三日にして斃《たふ》る。衆、議して修補を加へ、香を爇《た》き神を籲《よ》ぶ。而して平吉が子、平九、亦剛鯁《がうかう》にして、毎に廟前を過ぎれば、輒《すなは》ち之を誶罵《すいば》す。偶《たまたま》神背に一孔を穿つを見る、椀の如く大なり。手を探りて金器數事を得る。念ふ、是れ必ず盜の贓物《ざうぶつ》ならんと。迺《すなは》ち公に訴へて曰く、「瞎鬼、賊と其の罪を均しくす。願はくは典刑に准《なぞら》はんことを」と。公、官牘《とく》を稽《かんが》ふるに、果たして謬《あやま》らず。遂に神像を舁ぎて、諸《これ》を空壑に棄て、其の羽蟻と化し翻《ひるが》へるに任す。亡何《いくばくもなくして》、公も亦織田氏の為に窘《くるし》められ、肚を破り終はる。然れども公の禍に嬰《かか》るは、予《よ》、未だ必ずしも盲神の恨みと為さず。

近く聞く、此の村女有り。其の父牛醫、早くに喪す。母は、柏舟の節を守り、忽として喀血症《かつけつしやう》を患ふ。家赤貧にして、藥餌を供すること能はず。女籌思《ちうし》すれども計無し。是に於いて十六寶圖を賣る。一圖三十六錢を以てし、孤注と為す。天圖を得る者は、女躬《みずか》ら一夕の歡を奉ず。儇薄《けんぱく》少年爭ひて注す。亡何《いくばくもなくして》母死す。女此れ從《よ》り紡織し、貧に安んじ復た馮婦為らず。

〔**語彙注釈**〕　○三女子　高岡市の東部にある地区名。「さんよし」と読む。　○永禄　戦国時代正親天皇の時の年号。一五五八～一五七〇年。　○民部公　寺崎盛永のこと。　○廩　米ぐら。　○賑　（被災者や困窮者に）施すこと。　○歉　凶作。　○協賑之粟　被災者や困窮民に施す救恤米。いわゆる、おたすけ米。　○廠　作業場。　○輾運　「輾」は「碾」に同じ、すり臼で引くこと。籾摺りうす。　○捩柄　「捩」はねじる。「柄」はにぎるところ。摺臼の引き縄をひっかけるところ。　○杆　上臼をつけてひっかける横木。　○儆　いましめ。　○木彊　頑固で融通がきかない。　○推挽　推したり引いたりする。　○疽　できもの。　○爇　焼く。　○籲　祈り訴える。　○剛鯁　強情な、頑固な。　○誶罵　ののしること。　○贓物　盗んだ品物。　○典刑　おきて。　○官牘　公文書。　○化羽蟻　「羽蟻」はシロアリ。「化羽蟻」はシロアリになること。一茶に「門柱羽蟻と化して仕廻ふかよ」という句がある。　○柏舟之節　夫を亡くした妻が貞操を守って、二度と結婚しないこと。　○咯血症　肺などから血を吐き出す病。　○薬餌　病人の薬と食物。　○十六寶圖　宝引きの類で、くじの代わりに図を用いたものか。　○孤注　本来は、賭け事で、有り金をすべてかけること。ここでは一口のことか。　○儇薄　軽薄な。　○馮婦　晋の国の男の名。素手で虎を捕まえる猛者で、後に士（役人）になったが、その後も、皆に頼まれると、また虎を退治し、ほかの士に笑われた。『孟子』「尽心下」に「是為馮婦也。晉人有馮婦者、善搏虎、卒為善士。則之野、有衆逐虎。虎負嵎、莫之敢攖。望見馮婦、趨而迎之。馮婦攘臂下車。衆皆悦之、其為士者笑之」とある。そこから「再作馮婦」とは再び元の仕事をすることをいう。

〔**解説**〕　永禄（一五五八～一五七〇年）の頃、今日の富山市願海寺のあたりに願海寺城があり、一時そこを拠点に能登の辺りまで勢力を持っていたのが、寺崎民部左衛門尉（盛永）という人物であった（『上杉家家中名字尽』）とされる。本話に「高祖」と記されることから、寺崎民部公は寺崎蛠洲の祖先であったと推測される。民部は、後、讒言により織田信長に、息子ともども捕えられて近江佐和山で切腹させられたと伝えられているが、これは本話の記載と同じである。

蛠洲は、この一話で、民部公への直接的な評価は下していないが、貧窮する民に穀物を与えて救済したこと、神をも恐れず真実に向き合おうとしたことを記し、高祖への尊崇の念を示しているようにも思われる。

なお、『信長公記』にも、蛠洲の高祖とされる民部公最後の場面が次のように記されている。

「佐和山に監禁しておいた越中の寺崎盛永・喜六郎父子に切腹を命じた。…父子互いに挨拶をし、父寺崎盛永が『親が先に行くのが筋である』と言って切腹した。若党が介錯した。その後で喜六郎は、父が切腹して流した血を掌に受けて舐め、『私もお供いたします』と言って、見事に腹を切った。立派な最期であったが、哀れで見てはいられなかった」[21]

江戸時代を通して読まれた『信長公記』を蛠洲が目にしなかったはずはない。本話の「公が災いに遇ったのは、必ずしも盲神の恨みによるものではなかったと私は思う」には、或いは、讒言によって切腹に至った高祖へ強い思いがあるのかもしれない。

　さて本話は、人々を救済するために神を冒涜した話と、一人の娘が身体を売って病の母に薬を工面した話が並び記される。いずれも当時の道徳や倫理に背いた人物が主人公である。一人は貧者を助けるためとはいえ、神像を利用して穀物を臼でひいた人物で、もう一人は、母を助けるためとはいえ貞操を守らなかった人物。しかし、世の中にはそれ以外のとるべき選択肢がないこともある。作者はそのことを言いたかったのかもしれない。

　民部公については、他に『越登賀三州志』[22]（寛政十年の自序）「故墟考」巻一「願海寺」の項に「謙信麾下寺崎民部左衛門居し、天文二十一婦負郡井田城主飯田利忠と闘うこと本記を見るべし。天正二年畠山義隆毒殺に逢ひ、其の子義春三歳にて嗣立す。諸臣の不和を伺ひ、願海寺の寺崎民部左衛門等大將にて、能登の二宮まで討入ること長家傳に見ゆ。八年七月六日信長公寺崎を召しのぼせ、江州佐和山にて誅す」とある。

21　『現代語訳　信長公記』太田牛一著、中川太古現代語訳、中経出版新人物文庫編集部編集、株式会社KADOKAWA発行、二〇一三年、四五二頁。
22　富田景周著、寛政十（一七九八）年の序、石川県図書館協会発行、昭和四十八年、五五二頁。

また、『越中人物伝』（抄本）[23]巻四にも「寺崎民部左衛門」の項があり、上掲『三州志』と同内容が「寺崎民部左衛門は願海寺（射水郡老田村大字願海寺）の城主なり。三州志に曰ふ、上杉謙信麾下寺崎民部左衛門願海寺城に居し、天文二十一年婦負郡井田城主飯田利忠と闘ふ。天正二年畠山義隆毒殺に逢い、其子義春三歳にて嗣立す。諸臣不和を伺い、民部左衛門等大将にて能登の二宮まで討入こと『長家傳』に見ゆ。八年七月六日、織田信長公寺崎を召し上せ江州佐和山にて誅す（「織田軍記」には之を九年四月十一日と為す）」と記され、加えて『越中旧記』『織田軍記』などの民部公関連の記述及び編者の調査記録が収められている。

第十話　嵯峨隠士　―鳴かぬなら叩いて鳴かそう嵯峨の鹿―

〔現代語訳〕　洛東の富豪の某が、老後、嵯峨に隠居した。京の友人たちが、嵯峨の秋景色について尋ねると、「このごろは、鹿の鳴き声が聞こえます。どうぞいらして鹿を題にして歌を詠んでください」と答えた。後日、二三人が誘いに乗って揃ってやって来た。主人は酒や肴を並べて、盛り上がっている最中に用にかこつけて外に出たが、随分経っても帰ってこない。その時、月の光は真昼のように輝き、ケラや蟻も数えることができるほどであった。その庭は野原へと続いていて、奥深くひっそりしていた。客は輿に乗って散歩するうち、いつの間にか数町も深く入ってしまった。突然、誰かが樹の下に立っているのが目に入った。（その人が）樹に鹿を一匹繋ぎ、杖を振り上げて鹿を打つと、鹿は苦しんで鳴き声をあげた。よく見ると主人だった。みんな苦笑いをして急いで帰って来た。多分、客が来たのに鹿が　鳴かないことを恐れ、こんなずるをしたに過ぎまい。世間ではそれを珍しい話として伝え笑っている。

〔原文〕　洛東富室某、老後退二隠於嵯峨一。京友問二其地秋色一、答曰、頃來有二鹿聲一。請來以レ鹿命レ題。他日、二三同調聯袂造レ之。主人為陳二酒肴一、方懽娛間、主人托レ事外去、良久不レ回。時月色如レ晝、螻蟻[24]可レ數。而其園連レ野、殊極二幽邃一。客乘レ輿散步、不レ覺深入數町。忽見三一人立二于樹下一、樹繫[25]二一鹿一、舉レ杖擊レ之、則鹿苦而嘶。審視乃主人也。各怪笑奔回。蓋恐二客至鹿不レ鳴、作二此狡獪一耳。世傳笑以為二奇談一。

23　『越中人物伝』巻四、武内七郎（一八六五～一九二四）著。
24　原文は「螘」に作る。
25　原文は「擊」に作る。

〔**書き下し文**〕　洛東の富室某、老後、嵯峨に退隠す。京の友、其の地の秋色を問へば、答へて曰く、「頃來《けいらい》、鹿聲有り。請ふ來りて鹿を以て題を命じんことを」と。他日、二三同調聯袂《れんぺい》して之に造《いた》る。主人の為に酒肴を陳《なら》べて、方に懽娯《くわんご》の間、主人事に托して外に去り、良久《ややひさしく》して回らず。時に月色晝の如く、螻蟻《ろうぎ》も數ふ可し。而して其園野に連なり、殊に幽邃《いうすい》を極む。客輿に乗じて散歩し、覺えず深く入ること數町たり。忽として一人の樹下に立つを見る。樹に一鹿を繫ぎ、杖を擧げて之を擊てば、則ち鹿苦しみて嘶《いなな》く。審らかに視れば乃ち主人なり。各《おのおの》の怪しみ笑ひ奔り回る。蓋し客至りて鹿鳴かざるを恐れ、此の狡獪《かうくわい》を作すのみ。世傳《つた》へて笑ひて以て奇談と為す。

〔**語彙解釈**〕　○洛　京都。　○嵯峨　京都の西部、今は京都府京都市右京区辺。　○聯袂　たもとをつらねること。行動をともにすること。　○頃来　さきごろ。　○懽娯　「歡娯」に同じ、喜ぶこと。　○螻蟻　螻蛄や蟻。　○幽邃　景色などが奥深く静かなこと。　○嘶　動物が声を出すこと。　○蓋し　まさしく。たしかに。思うに。　○狡猾　ずるく悪賢いこと。

〔**解説**〕　百人一首に「奥山に　紅葉ふみわけ　鳴く鹿の　声きくときぞ　秋は悲しき」（猿丸太夫）とあるように、秋の奥山と鹿は古来風情を伴うことばである。この話の主人も、鹿が鳴く風情のある所ですからいらして下さいと友人を招いたものの、その日、鹿が鳴かないことを心配し、こっそり抜け出て野に行き鹿を殴って鳴かせようとした。ひたすらに客を喜ばせようという意図から出た行動ではあろうが、それを見られた主人も見た客も気まずい思いをしたことであろう。本書上冊の「禿醫」と似た趣向である。

第十一話　兒入鐘腹―奇跡的に助かった二人―

〔現代語訳〕　我が村にある妙国寺の鐘楼の下で、子供たちが集まって遊んでいたところ、突然、つまみが折れて鐘が落ちた。子どもたちは散り散りになって逃げたが、一人が鐘の中に入った。鐘を挙げて子どもを救い出してみると、少しも怪我がなかった。その子は大きくなって、蝋燭屋庄兵衛と名乗った。八、九年前に六十余歳で亡くなった。

また、次のような話を聞いた。昔、両国橋の西の路地で火事があった。その時、ある年配の医者が急いで橋に逃げると、腰に帯びていた刀が鞘から抜けて飛び出して、刀の柄が板の隙間に突き刺さり、上を向いて筍のようにそそり立った。あわてふためいた医者は足を取られ、その上に倒れてしまった。皆驚いて腹に突き刺さったと思った。しかし、医者はさっと起き上がった。刀を見るともう元の鞘に収まっていた。どちらも神の助けがあったようだ。

〔**原文**〕　邑中妙國寺鐘樓下、群兒遊戯。忽[26]鈕折鐘落、群兒四散、一兒入二鐘腹一。舉レ鐘出レ兒、毫無二傷損一。兒成長、稱二蠟燭屋庄兵衛一。年六十餘、八九年前卒。

又聞昔年兩國橋西小衚衕火。時有二老醫一、突至二橋上一、其佩刀脱レ鞘飛出、柄入二板縫一、仰立如レ筍。倉卒間、醫失レ足顛踣。衆駭以為破レ腹。然醫蹶然興、見レ刀已鞘レ之。似下皆有二神助一者上。

〔**書き下し文**〕　邑中の妙國寺《めうこくじ》の鐘樓の下、群兒遊戯す。忽として鈕《ぢう》折れ鐘落ち、群兒四散《しさん》し、一兒鐘腹に入る。鐘を舉げ兒を出だせば、毫《がう》も傷損無し。兒成長し、蠟燭屋庄兵衛と稱す。年六十餘にして八九年前に卒す。

又た聞く、昔年、兩國橋《りやうごくばし》西小衚衕《こどう》に火あり。時に老醫有り、突として橋上に至れば、其の佩刀鞘《はいたうさや》より脱け飛び出で、柄は板縫に入りて、仰立すること筍の如し。倉卒《さうそつ》の間、醫足を失ひ顛踣《てんぼく》す。衆駭き以為《おもへら》く腹破れたりと。然るに醫蹶然《けつぜん》とし興《た》つ。刀を見れば已に之を鞘《せう》す。皆神助有る者に似たり。

〔**語彙解釈**〕　○妙国寺　現在、高岡市片原町にある妙国寺のことか？　○鈕　つまみ、釣鐘を吊るすために綱などを通す部分。　○両国橋　隅田川にかかる橋。西岸の東京都中央区東日本橋二丁目と東岸の墨田区両国一丁目を結ぶ。橋のすぐ近くには神田川と隅田川の合流点がある。　○衚衕「胡同」とも書く。路地、小路、横町。〇佩刀　刀を腰におびること。〇鞘　刃物の身（ブレード）の部分を包む覆いのことをいう。刃先を鋭利に保つために保護するとともに、刃が周りを傷つけないように隔離し、保管や携行中の安全を確保する機能を持つ。〇倉卒　あわてふためく、あわただしい。〇顛踣　倒れること。〇蹶然　勢いよく立ち上がるさま。跳ね起きるさま。

〔**解説**〕　奇跡的に命拾いした話である。それを人々は、神様のおかげ（「神助」）という。身近な話から江戸の話まで、作者の「不思議な話」への関心と、当時の「うわさ」の広がりをうかがうことができる。

なお、蝋燭屋七兵衛は、高岡市守山町の宝暦年間の宿屋の名として『高岡の町々と屋号（第4号）』に載っている。また、蝋燭屋七兵衛という人物については、『高岡湯話』[27]に「蝋燭屋七兵衛岱丈は家内和睦にして朋友相親しみ父母にも孝有しとぞ。能《よく》兄弟を友愛して父母已分の中より他へとらせ置し弟妹抔《など》をも連れ戻し、久しく能く育てゝ嫁せしめ抔し、其外親族一類の事等を世話して、人の難儀を助け抔せし事甚多しとぞ」と、孝行者として記される。「岱丈」とは、本話で記された

26　原文は「釼」に作る。
27　富田徳風著、高岡文化会出版、昭和十年、九五頁。

人物かそのその子孫であろう。

第十二話　鍵襘―自画像を奉納して貞操を守るを誓う―

〔**現代語訳**〕　江戸の諸田某の娘は、ある僧と懇ろになったが、まもなくそのことがお上に知れ、僧は捕えられて島流しになった。娘は嘆き悲しんで職人を呼び自分の姿を刺繍させ、特別に衣の襟合わせに鍵を掛けて、その絵姿を京都の北野天満宮に奉納した。ある人が「この娘は身持ちが悪いから、自分でこっそり鍵を開けないとも限らないじゃないか」と言った。娘はそれを聞いて、今度は衣の襟合わせに釘を打った絵を作り、清水寺の観音閣に奉納したという。そこで都の人は霄衣歌を作って悼み、また、浮世絵師の葛飾北明にその絵を写させ刊行した。その時、娘は二十三才、文化十二年十一月の事である。霄衣歌は三味線に乗せて歌われた。正式な場で歌うようなものではなかったが、一世を風靡した。

〔**原文**〕　江都諸田某女與二一僧一綢繆。亡レ幾其事聞二于官一、官捕レ僧放二之海上一。女悲啼、召二匠氏一製二己繡像一、殊鍵二其襘一、懸二諸洛陽北野神祠一。或曰、此女輕薄、安知二其無一レ不下以二私鑰一啓上レ之耶。女聞レ之、再製二釘襘圖一、掛二于清水觀音閣一云。都人作二霄衣歌一以悼レ之。又使三画工葛飾北明寫二其圖一、以刻二行于世一。時女年二十三、實文化十二年十一月事也。霄衣歌軋二三絃一以唱レ之。雖レ不レ足レ喤二聒于大雅一、亦囉二嗔于一時一。

〔**書き下し文**〕　江都《かうと》の諸田某女は一僧と綢繆《ちうびう》たり。幾《いくばく》もなくして其の事官に聞こえ、官は僧を捕へて之を海上に放つ。女悲啼し匠氏を召して己が繡像を製せしめ、殊に其の襘《くわい》に鍵《けん》して、諸を洛陽北野《きたの》神祠《しんし》に懸く。或るひと曰く、「此の女輕薄《けいはく》たり、安くんぞ其の私鑰《しやく》を以て之を啓《ひら》かざることなきを知らんや」と。女之を聞きて、再び釘襘圖《ていくわいず》を製し、清水観音閣に掛くと云ふ。都人霄衣《せうい》歌《か》を作り以て之を悼む。又た画工葛飾北明をして其の圖を寫せしめ、以て世に刻行す。時に女年二十三、實に文化十二年十一月の事なり。霄衣歌三絃に軋せて以て之を唱ふ。大雅《だいが》に喤聒《くわうくわつ》するに足らずと雖も、亦た一時に囉嗔《らこう》す。

〔**語彙解釈**〕　○江都　江戸の異称。　○綢繆　なれしたしむこと。　○亡幾　ほどなく。　○襘　衣の襟合わせ。『左傳』昭公十一年に「衣有襘、帯有結」杜注に「襘、領會」とある。　○北野神祠　北野天満宮。京都市上京区にある神社、旧称は北野神社、菅原道真を祀る。　○鑰　鍵。　○清水観音閣　清水寺のこと。千手観音が本尊。　○霄衣歌　未詳。　○葛飾北明　葛飾北斎の門人。姓は井上、名は政女。葛飾を画姓とし、九々蜃、画狂人と号す。江戸の人。北斎に絵を学び、文化（一八〇四～一八一八年）・文政（一八一八～一八三〇年）頃、主に読本の挿絵や肉筆美人画を描いた。作品としては「行灯美人図」、『北明漫画』などが挙げられる。文政十三年（一八三〇）刊行の『北明子画品』には井上北明政女筆とあるため、女性画家であると言われる。○喤聒　にぎやかに音楽が起こること。『聊斎志異』「晩霞」に「但聞鼓鉦喤聒、諸院皆響」。○囉嗊　『玉篇』に「囉嗊、歌曲也」とあり、歌曲のこと。

〔**解説**〕　仏教の出家者が戒律を破り、女性と性的関係をもつことを「女犯」という。江戸時代も中期になると身持の悪い僧侶も多くあらわれたようで、寛保二年（一七四二）八代将軍吉宗の時には、女犯の僧が寺持の場合は、「遠島」という刑が科されたという。「遠島」とは、罪人を辺境や島に送ることで、「公事方御定書」によれば、江戸からの囚は伊豆七島に送られた。本話の僧侶も「遠島」に処されたのであろう。[28]

ところで、文化文政頃、庶民の文化も多様性を増していくが、絵馬も流行のピークを迎え、人々は絵馬に様々な願いを托するようになった。この話の娘が奉納した繡像二種もこの絵馬と同じようなもので、自らの繡像の襟合わせに鍵をかけて奉納したのは、二夫にまみえずとの決意を神仏に誓ったということであろう。

ちなみに、絵馬の絵に錠をかけたものを「錠前絵馬」というらしく、江戸の小咄の「錠前」という一話では、後家を通すことを誓って「前に錠をおろした絵馬」を奉納したことが記されている。

『落咄臍くり金』（享和二年正月序　十返舎一九序）「錠前」

錠まへコレ、おめへもたしなミなせへ。御てい主がしなれてから、後家をたてるとつて、前へ錠をおろした絵馬を、おそしさまへあげておきながら、きけバ　此間じやア、男ができたといふ事だが、それしやアばちがあたりやしやうぜ後家　ナニサ、ばちのあたるこたアなしさ　とんだことをいふ。あんなゑまを上ておいて。ぴんとこゝらに錠まへをおろしておきながら　後け　モシ、だれにもいゝなさんな。ありやア、そら錠だよ

また、今日でも、例えば、生駒の宝山寺の歓喜天には、心という字に錠前が描かれた絵馬があると聞く。これは、「断ち絵馬」とも呼ばれ、縁を切りたい物（事）を仏に祈願するための絵馬であるという。

最後の一句「大雅に喤聒するに足らざると雖も、亦一時に囉嗊す」は、清乾隆五十六年（一七九一）に出た和邦額の『夜譚随録』「尤大鼻」に見える次の一文を引用したものと思われる。「女曰、懊憹之曲、子夜之声、但堪囉嗊於一時、詎足喤聒於大雅」（娘が言った。「『懊憹』の曲、

28　『女犯　聖の性』石田瑞麿、筑摩書房、二〇〇九年。

『子夜』の歌は、ある時期、夫を思う歌として歌われたにすぎません、どうして、正式な場所で奏でるに足りましょうか」）。ここでは、「懊憹」も「子夜」も民間でうたう歌の種類をいう。「喤聒」は賑やかに音楽が鳴り響くことで『聊斎志異』「晩霞」にも「但聞鼓鉦喤聒、諸院皆響（すると、太鼓や鉦がそっちこっちの院から響いた）」と見える。やはり難解な表現であるが、洗練された表現を用いようとする蝸洲のこだわりがここにもみられる。

第十三話　悪鱄―本質を見極めることのむずかしさ―

〔現代語訳〕　如意翁は摂津の人、以前、北越を旅したことがあって、（その折）私に語った。「私の郷の甲、乙の二人が、漁師がスッポン二匹を捕まえたのを見て、甲はそのうちの一つを買って放生し、乙はもう一つを買って煮て食った。それなのに甲の子は、水を渉っているとき大きなスッポンに咬まれ、傍にいた人が助けてその家までかついで帰ったが、三日後に死んでしまった。（一方、）乙は地を掘って直径が三寸ばかりの金のスッポンを得た。古代の紫金（純金）は今の金に比べて三倍もの値打ちがある。これは全て一日のうちに起ったことで、天の配剤というしかない。しかしながら、スッポンを活かして子を失い、スッポンを殺して金を得るのは、何とひどい逆さまぶりか」。私は言った。「二匹とも悪いスッポンで、悪者が逃亡しているようなものだったのです。スッポンの王が誅殺しようとして果たせずにいた者だから、その応報ですよ。このスッポンの善悪のようなことは、是非ともわからなければなりません」。翁が「人にどうしてそんなことがわかるのでしょう」と言ったので、私は「そうではありません。どうかよく考えてみてください。そうすれば、自ずから良いスッポンが分かり、悪いスッポンも分かりますよ」と言った。

○楕円形の図法は、算術が得意な人でも難しい。紙の上に二本の針を間を開けて立て、輪にした糸を引っ張って、筆を巡らす。これが早道で、今の人が考えたものであるという。これも翁の言ったことなので、併せて記す。

〔原文〕　如意翁者攝州人、嘗萍二梗[29]於北越一。語レ余曰、其郷有二甲乙二人一、見三漁師得二兩鱄[30]一。甲買二其一一、以縱レ之。乙買二其一一、烹噉レ之。而甲子涉レ水為二巨鱄一所レ咬、傍人救レ之、舁還二其家一、三日而死。乙掘レ地得二金鱄一、徑三寸許。而古代紫金比二今金一、値幾三倍。此皆出二於一日之中一、可レ謂二天巧一而已。雖レ然以レ活レ鱄失レ子、以レ殺レ鱄得レ金。何顛倒之甚也。余曰、兩是惡

29　原文は「綆」に作る。
30　原文は「鱺」に作る。

鱄、如二奸賊亡命一、鱄王欲レ誅未レ得者、故其報也。若レ此鱄之善惡不レ可レ不レ知也。翁曰、人烏得レ知レ之。曰、不レ然。請再思レ之。乃自知二善鱄一、又知二惡鱄一。

○楕圓圖法、雖二善算者一亦難レ之。紙上以二兩針一相隔柱二立之一、引二圏線一以環レ筆。是捷徑。[31] 近人所レ考云。此亦翁言、因併記レ之。

〔**書き下し文**〕　如意翁は攝州の人、嘗て北越に萍梗《へいかう》す。余に語りて曰く、「其の郷に甲乙二人ありて、漁師の兩鱄を得るを見る。甲は其の一を買ひ、以て之を縱《はな》つ。乙は其の一を買ひ、烹《に》て之を噉ふ。而るに甲が子、水を渉るに巨鱄の為に咬《か》まれ、傍人、之を救ひ舁ぎて其の家に還るも、三日にして死す。乙は地を掘りて金鱄を得、徑《わた》り三寸許。而して古代の紫金《しきん》は今の金に比して値幾んど三倍。此れ皆一日の中に出で、天巧と謂ふべきのみ。然りと雖も鱄を活かすを以て子を失ひ、鱄を殺すを以て金を得。何ぞ顛倒《てんたう》の甚しきや」と。余曰く、「兩つながら是れ惡鱄、奸賊《かんぞく》の亡命の如し。鱄王誅せんと欲して未だ得ざる者、故に其の報なり。此くの若き鱄の善惡は知らざるべからざるなり」と。翁曰く、「人烏《なん》ぞ之を知るを得んや」と。曰く、「然らず。請う再び之を思へ。乃ち自ずと善鱄を知り、又た惡鱄を知る」と。

○楕圓の圖法、善く算する者と雖ども、亦た之を難しとす。紙上兩針を以て、相隔てて之を柱立し、圏線を引きて、以て筆を環らす。是れ捷徑、近人考ふる所と云、此れ亦た翁の言、因りて併せて之を記す。

〔**語彙注釈**〕　○鱄魚　團魚と同じ。すっぽん。　○紫金　きわめて精度の高い純金の異称。○顛倒　逆さまになること。　○誅　罪のある者を殺すこと。

〔**解説**〕　本来、放生は善事であり、殺生は悪事であるが、この話では、それに対して逆の報いがもたらされる。その理由は、放生して助けられたすっぽんは本来「悪者」であって、殺生して退治されたすっぽんも本来「悪者」であるからで、「悪者」を放生した人物は「悪者」を助けたことにより悪人となり、「悪者」を煮て食った人物は「悪者」を退治したことにより善人となって、因果応報の理にかなっているのだ、と著者は説く。誰が善で誰が悪か、その真実を見抜けないのは深い思慮がないことによる、作者はそう言いたいのかもしれない。

後に付された短文は、江戸後期、富山で和算学が盛んであったことを背景にした一話であろう。この時代、その名を全国に馳せた関孝和の流れを汲む中田高寛（一七三九〜一八〇二）や、その弟子石黒信由(一七六〇〜一八三六)は、富山の和算学者として特に有名である。

31　原文は「揵」に作る。

なお、「萍梗」は、「浮草と断たれた枝」のことをいい、「旅すること、あるいは旅する人」、つまり、「よそ者」を意味する。今日、富山弁で言うところの「旅の人」と同意であり、『聊斎志異』第六巻「菱角」に「媼曰、大亂時人事翻覆、何可株待。成又泣曰、無論結髮之盟不可背、且誰以嬌女付萍梗人。（おばあさんは言った。「大乱のときは人事も顛倒があるから、じっと待っていてはいけませんよ」成は泣いて言った。「夫婦の誓いに背くことができないのはもちろんですが、誰が、可愛い娘を私の様な浮草（旅の人）にくれるでしょうか」）とある。

第十四話　鸛塔―「コウノトリ」の塔―

〔**現代語訳**〕　桂吉は山陰の人で、年は十六七才、姿は美女より麗しかった。故郷から離れた繁華の地で部屋を借りて学問をしていた。近村に寡婦がいて、ひそかに下女を遣わして、一度こちらにお越しくださいと言ってきた。その日は仲秋だったこともあって、興をそそられ、桂吉は下女についてそこに出向いた。初め茅屋を通ると、僅かに風や日をよけるだけのものであったが、さらに曲がり道を通って中庭に入ると、その中は、凝った設えで、金や碧玉が光り輝いていた。婦人は四十五六才くらいの、すっきりとした上品な人で、喜んで桂吉を招じ入れて座らせ、茶菓を勧めた。桂吉は礼を述べ、「もともと知り合いでもないのに、どうしてこんなに親しくもてなしてくださるのでしょうか」と言った。婦人は笑って「あなたには仙縁があるので、月の女神の姮娥をお引き合わせしようと思いますの。余計な事は仰らないでね」と言った。しばらくすると、明月が皓皓と輝き、真昼のようになった。婦人は庭に腰掛けを持ち出し、桂吉とそれに上がって遠くを望み、管を吹いてコウノトリの鳴き声を奏でた。たちまち数羽のコウノトリが垣根の外の水田に集まって来た。突然、一羽のコウノトリが真っ直ぐに立つと、また一羽のコウノトリがその肩の上に飛び上がり、また真っ直ぐに立ち、七八羽重なって、琉璃の高塔のように聳え立った。桂吉は奇観だと絶叫した。婦人がフナを投げると、コウノトリの塔はたちまち崩れ、争って魚を啄んだ。啄み終わると天を衝くように飛び去った。婦人は「もうコウノトリに命じて姮娥に報告しましたから、明夕に仕上げをしましょう。素晴らしいめぐり合いの機会を絶対逃さぬように」と言った。桂吉は少しも逆らわずそのまま辞去し、次の夜また出向いた。婦人は大いに喜んで「誠実な方ね」と言った。雑談をしていると、十時を過ぎた頃、突然、垣根の戸がギィーと開く音がした。婦人は桂吉を別室に隠し、自ら出迎えた。桂吉が障子を舐めて覗くと、藍衣を着た人が入って来た。顔色は青黒く恐ろしいほど凶悪な形相だったが、すぐさま手探りで顔の皮をはぐと、十六才くらいの見目よき娘であった。それで、お面を着けていたと分かった。また、上着を脱ぐと、美衣が光り輝き、まるで広寒宮の仙女のようであった。婦人は急いで酒肴を整え、御馳走を並べた。娘が「その人は来たの」

と尋ねると、婦人は「来ました」と答えて、桂吉を呼んで対面させた。挨拶を終えて一通り杯をやり取りすると、娘は婦人の方に目配せして、ざっと酒器を片付けさせ、桂吉と帳の中に入り思うさま睦み合った。やがて村の鶏が時をつくると、娘はハッとして逃げ帰った。これ以後、毎月一二回逢うのが常となり、桂吉は娘に名を尋ねたが答えず、後をつけようとすると、婦人が堅く禁じて許さなかった。桂吉が「大家から逃げた侍女だと思うので、早めに対策を講じなければ、きっと大変な事になるでしょう」と言うと、婦人は非常な剣幕で「秘密が一旦漏れたら、彼女は自分で責任を取って、少しもあなたに迷惑はかけません。大体、私から見れば、このようなめぐり合いは、油の鼎で煮られても経験すべきです」と言った。桂吉は恥じ入って失言を詫びた。日々情が深まり、半年たとうとする頃、娘は紅螺形の杯と蓮の葉形の碗をくれた。どちらも金で装飾し、美玉が嵌められていた。この他にも贈り物の数は夥しく、すべてを書き記すことはできない。ある日急に次のような噂が立った。「某公の侍女が斑猫《はんみょう》を使って何人かの侍女を殺した。公は怒ってその娘を穴倉に閉じ込めた。蛇を集めてこの娘を咬み殺させようとして、暫くの間、籠に入れておいた。夜、娘は見張りが眠った隙に、鍵を断ち切って逃げ出た。見張りの兵がびっくりして目を覚まし、刀をとって追ったが、娘は刀を奪って兵に切りつけた。頭に当たり、兵は倒れながらも叫んで、邸内は大騒ぎになった。多くの鎗が飛んできたが、娘は高塀を飛び越え、風のように走り去り、瞬く間に影も見えなくなった」と。桂吉はこの娘ではないかと思い、婦人から消息を得ようと、急いでその家に行ったが、ひっそりとして人っ子一人いなかった。

〔原文〕　桂吉山陰人、年十六七、丰采過二於姝麗一。出レ門遠遊二繁華地一、税レ屋課二蓺文一。近村有二孤婦一。窃遣二小婢一、索三一臨二其地一。斯日仲秋、興偶發。因隨レ婢往二其所一。初經二茅屋一、僅庇二風日一、再過二曲徑一、入二内院一。其中曲欄幽檻、金碧光耀。婦約四十五六、意致清越、喜引二生坐一、設レ茗進レ菓。生謝曰、素不二相識一、何殷勤乃爾。婦笑曰、郎有二仙緣一、欲三以配二姮娥一、勿二復多言一。頃之、明月皎皎、不レ異二白晝一。婦庭中移二一橈一、與レ生登望、吹レ筒作二鸛語一。旋有二數鸛一、來聚二籬外水田一。忽一鸛矗立、一鸛飛上二肩上一、又矗立、累至二七八一。聳然如二琉璃高塔一。生絶呼稱二奇觀一。婦抛以二鮒魚一、鸛塔俄崩、爭啄レ魚。啄畢沖レ天而去。婦曰、已遣レ鸛報二姮娥一、請以二明夕一了レ之。必莫レ誤二佳會一。生唯唯、遂辭歸。次夜再往。婦大喜曰、信士也。方閑話間、稍過二二更一。忽聞垣門啞然有レ聲。婦避二生別室一、躬出迎レ之。生舐二紙門一窺レ之、一藍衣人入、面黝黑而貌猙獰、甚可二憎畏一。忽探レ面脱二皮殼一、則二八好女子。方知挂二戲臉一。又褫二上衣一、則華服輝光、眞個廣寒仙子也。婦速陳二酒饌一、芳美羅列。女問曰、其人來否。答曰、來矣。呼レ生出見レ之。交拜畢、飛レ卮[32]一巡。女顧レ婦、草草令レ收二飲具一。與レ生就二帳帷一、恣二其歡押一。

32　原文は「圻」に作る。

既而聞二村雞初唱一、女驚遁去。從レ此毎月一二會、率以為レ常。生問二女姓名一、女不レ言。欲レ跡レ之。婦堅戒不レ許。生曰、憶是貴門逃姬、不二早圖一レ之、必有二大辱之來一。婦盛氣曰、機事一綻、女以レ身承レ之。毫不二以相累一。抑以レ妾觀レ之、若レ此奇遇、雖二油鼎一亦復可レ蹈焉。生怍然謝二失言一。而日以繾綣。將レ及二半歲一、女贈二紅螺杯藁葉椀一。皆黃金隱起、錯以二瑰玫一。此外餽遺頗夥、不レ能二悉錄一。一朝遽有二流言一曰、某公侍女以二班貓一斃二數姬一。公怒將下閉二女於土坑一、聚レ蛇令上レ齕レ之。暫置二樊籠一。夜分女瞯二守者睡一、斷レ鍵出。一卒驚醒把レ刀逐レ之。女奪レ刀剺レ卒、中レ顱、卒踣猶號。府中沸騰、百鎗齊飛來。女飛踰二高墉一、飄疾如レ風。頃刻無レ影矣。生大疑レ之、欲レ探二婦耗一、急詣二其家一、寂無二一寸人一。

〔書き下し文〕 桂吉は山陰人、年十六七、丰采姝麗《ふうさいしゅれい》に過ぐ。門を出でて遠く繁華の地に遊び、屋を税して秇文《げいぶん》を課す。近村に孤婦有り、窃《ひそか》に小婢を遣はし一たび其の地に臨まんことを索《もと》む。斯の日は仲秋、興偶《たまたま》發す。因りて婢に隨ひ其の所に往く。初め茅屋を經るに、僅かに風日を庇《おほ》ひ、再び曲徑を過ぎれば、内院に入る。其の中、曲欄幽檻、金碧光耀。婦は約四十五六、意致清越《いちせいえつ》、喜びて生を坐に引き、茗《めい》を設け菓を進む。生謝して曰く、「素相《もとあひ》識らざるに何ぞ殷勤たること乃ち爾らん」と。婦笑ひて曰く「郎に仙縁有り、以て姮娥《こうが》を配せんと欲す。復た多言すること勿れ」と。頃之《しばらくして》、明月皎皎として、白晝に異ならず。婦は庭中に一樈《とう》を移し、生と登り望みて、筒を吹き鸛《かん》語《ご》を作す。旋《たちま》ち數鶴有り、來りて蘺外《りがい》の水田に聚まる。忽として一鶴矗立《ちくりつ》し、一鶴飛びて肩上に上り、又た矗立し、累なりて七八に至る。聳然《しょうぜん》として琉璃の高塔の如し。生絶呼して奇觀と稱す。婦拋《なげう》つに鮒魚を以てす。鶴塔俄かに崩れ、爭ひて魚を啄む。啄み畢《お》はりて天を沖きて去る。婦曰く、「已に鶴を遣りて姮娥に報ず。請ふ明夕を以て之を了《れう》せんことを。必ず佳會を誤つこと莫れ」と。生唯唯として、遂に辭し歸る。次夜再び往く。婦大いに喜びて曰く、「信士《しんし》なり」と。方に閑話の間、稍《やや》二更を過ぐ。忽ち聞く、垣門啞然として聲有るを。婦は生を別室に避け、躬ら出でて之を迎ふ。生は紙門を舐《な》めて之を窺へば、一藍衣の人入る。面黝黑《いうこく》にして貌猙獰《さうだう》、甚だ憎畏すべし。忽ち面を探りて皮殼を脱すれば、則ち二八の好《みめよ》き女子なり。方《はじ》めて知る、戲臉《ぎけん》を挂くるを。又た上衣を褫《ぬ》げば、則ち華服輝光、眞個《まこと》に廣寒の仙子なり。婦速やかに酒饌を陳べ、芳美羅列す。女問ひて曰く、「其人來たるや否や」と。答へて曰く、「來れり」と。生を呼び、出でて之に見《まみ》えしむ。交拜畢はりて卮《さかづき》を飛ばすこと一巡、女は婦を顧りみて、草草と飲具を收めしめ、生と帳帷に就き其の歡《かん》押《かふ》を恣《ほしい》ままにす。既にして村雞初めて唱ふを聞き、女驚きて遁れ去る。此れ從り毎月一二會、率《おおむ》ね以て常と為す。生、女に姓名を問ふも、女言はず。之を跡せんと欲するも、婦は堅く戒めて許さず。生曰く、「憶ふに是れ貴門の逃姫ならん、早く之を圖らざれば、必ず大辱の來たるあらん」と。婦は盛氣にて曰く、「機事一たび綻ぶれば、女身を以て之を承けん。毫も以て相累せず。抑《そもそも》妾を以て之を觀れば、此くの若き奇遇は、油鼎《いうてい》と雖も亦た復た蹈むべし」と。生怍然《さくぜん》として失言を謝す。而して日に以て繾綣《けんけん》たり。将に半歳に及ばんとして、女、紅螺の杯、藁葉の椀を贈る。皆黄金隠起にして、錯するに瑰玫《くわいばい》を以てす。此の外、餽遺《きい》頗る夥しく、悉く錄する能はず。一朝、遽かに流言有りて曰く、「某公の侍女班貓《はんめう》を以て數姫を斃す。公怒りて将に女を土坑に閉じ、蛇を聚めて之を齕《か》ましめんとし、暫く樊籠《はんろう》に置く。夜分、女は守者の睡るを瞯《うかが》ひ、鍵を斷ちて出づ。一卒驚き醒めて刀を把り之を逐ふ。女は刀を奪ひて卒を剟《だ》すれば、顱《ろ》に中《あた》り、卒踣《ぼく》して猶ほ號す。府中沸騰し、百鎗齊《そろ》ひ飛び來る。女飛び高墉を踰え、飄疾たること風の如し。頃刻にして影無し」と。生大いに之を疑ひ、婦に耗《かう》を探《もと》めんと欲し、急に其の家に詣るも、寂として一寸の人も無し。

〔**語彙注釈**〕○丰采　風采、姿。また美しい姿。○姝麗　美女。『聊斎志異』の「黄九郎」に「轉視少年、年可十五六、丰采過於姝麗」とあり、手弱女のように美しい男性を形容することば。○税屋　家を借りることとか。○課菽文　本来、学術、文章を試験することだが、ここでは学問を教えることとか。○窃に　ひそかに　○索む　もとめる。○庇う　おおう、かばう。○曲欄幽檻　「攔（欄）」も「檻」も欄干。凝ったつくりの欄干。○金碧光耀　金や碧玉が光り輝く。○意致清越　この世離れした美しさだった。『聊斎志異』黄九郎「薄暮偶出、見婦人跨驢来、少年從其後、婦約五十許、意致清越」　○生　ここでは「桂吉」の事を指す。○茗　茶のこと。○殷勤　慇懃に同じ。○姮娥　嫦娥とも。月に住む女神。○頃之　しばらくして。○櫈　背もたれのない椅子。踏み台。　○鸛　こうのとり。　○旋ち　たちまち。　○籬　まがき。　○矗立　長くまっすぐなさま。高く聳え立つさま。　○聳然　ここでは、高く聳えるさま。　○信士　約束を守る人、誠意のある人。　○二更　夕暮れから夜明けまでの一夜を五区分した第二番目の区分。　○啞然　本来、おどろきあきれるさま。ここでは擬音語か。　○黝黒　青みがかった黒。　○猙獰　荒々しく憎憎しいさま。　○戯瞼　（芝居の）お面。　○褫ぐ　脱ぐ。　○真個　まことに。　○廣寒宮　月の中にあるという宮殿。　○巵　「卮」と同じ、酒杯。　○草草　あわただしく、急いで。　○帳帷　とばり、たれぎぬ。　○歓狎　親しくなれ合う。なれ親しむ。　○盛氣　怒気をみなぎらせる。　○機事　秘密の行い、たくらみ。　○油鼎　油の鼎。ここでは、油で煮られることをいう。　○怍然　恥じるさま。恥じて。　○繾綣　まといついて離れないさま。転じて、情の厚いさま。　○紅螺杯　紅螺（貝の一種？）で作られた杯か？紅螺の形の杯か？『廣異記』汝陰人に「食器有七子螺、九枝盤、紅螺杯、蕖葉碗、皆黄金隱起、錯以瑰玫」とある。○蕖葉碗　蓮の葉の形の碗か？　○隠起　浮き彫り。　○錯　ここでは、象嵌すること。　○瑰玫　いずれも美玉、宝石。　○餽遺　物品や食品を贈ること。贈り物すること。　○斑猫　昆虫の一種。強い毒性をもつ。　○齕む　かむ。かじる。くらう。　○樊籠　とりかご。牢。転じて、自由を束縛された境遇。　○瞷う　うかがう。伺い見る。覗き見る。　○剺　きりかかる。　○巓　あたま。　○卒踣　突然たおれる。　○齊　そろって、一斉に。　○墉　垣、壁、垣根。　○飄疾　速やか、はやい。○頃刻　わずかの時間、しばらく。○耗　しらせ、たより。○一寸人　「寸男尺女」に同じ。元曲の無名氏『合同文字』一折に、「自家潞州高平県下馬村人氏、姓張名秉彝、渾家郭氏、嫡親両口児家属、寸男尺女皆無」とある。

〔解説〕　姮娥（嫦娥）は、もとは仙女だったが地上に下りた時に不死ではなくなり、夫の后羿が西王母からもらった不死の薬を盗み飲んで月に逃げた、と言われる。また、中国では古くから月には桂の木が生えているという伝説がある。例えば、唐の段成式『酉陽雑俎』「天咫」に「舊言月中有桂、有蟾蜍」とある。桂吉という名は、その故事に基づいているのか。また『聊斎志異』中の語彙も用い、『聊斎志異』の作品に似た雰囲気を醸し出している一話である。

第十五話　漆工―漆職人、乞食を助けて富豪になる―

〔現代語訳〕　漆職人の宗七は木曽の人で、親鸞の教え（浄土真宗）を信じ、朝晩、念仏をを唱えていた。村に来た一人の乞食が、疫病に罹り行き倒れたが、村人たちは伝染を恐れ、近づこうとする者はいなかった。宗七は彼を憐れんで、助け起こして連れ帰り、脇部屋に寝かせた。粗末な食事を与え湯薬を飲ませると、数日で快復した。乞食が言った。「あなたの家にはつきが回って来ているので、商売に励むといいのだが、残念な事に資本がない。私は銀百両を持っていて、大耳の婆さんのところに預けてある。洛西の某街某小路の店で泥人形やオウムを売っているのがその店だ。行って取って来なさい」。そして一枚の袱紗を渡して「これを持って行って証拠にしなさい」と言い、飄然と立ち去った。宗七はでたらめだろうと疑ったが、妻が言った。「以前、富くじを買って帯にはさんでいて、食事を出すとき、偶然、枕元に落とすと、乞食が拾って見て言いました。『この富くじは当たります。でもたったの五百文です』と。その言葉通りでした。本当に不思議なことです。それに、今年は親鸞上人の五百回忌に当たるから、地方の信者が次次にお参りに行きます。ちょうどいい折だから、あなたもついでに訪ねてみれば、お金を手にすることができないとしても、気に病むことはないでしょう」。宗七はそこで妻の言うことを聞いて、京に行き、尋ねてその家を探し当てた。そこに入ると老婆が座っていたので、乞食の言葉を告げ、袱紗を見せた。老婆が答えぬうちに、傍にいた少女が「道人が私に白糸で龍鶴の二字を刺繍させたので、確かめられます」と言った。手にとって見ると、やはりそうだった。そこで宗七は金を手に入れて帰って、米の売買をし、まもなく村一番の金持ちになった。

〔原文〕　漆工宗七岐岨人、崇二信鸞教一、朝昏唱二彌陀帝一。里中來二一丐者一、病レ疫臥二於道一。

居人恐二傳染一、無二敢近レ之者一。宗七憐レ之、扶歸置二於耳舍一。飼二疏食一、飲二湯藥一、數日方痊。丐者曰、君家運氣將レ交。宜二勉經紀一、憾缺二貲本一。吾有二白金百兩一、寄二於大耳婆所一。洛西某街某衚衕一鋪、賣二泥孩鶯哥等物一者、即其家也。君往取レ之。因授二一小袱一曰、持レ此爲レ信。遂翩然去。宗七疑二其妄一。妻曰、向買二寶牌一夾二於帶一、飼レ食時、偶墮二枕邊一[33]。丐者拾視曰、此應レ受二盲錐一、然不レ過二五百錢一。果如二其言一。是太奇。且今年當二鸞師五百回忌一、四方香人絡繹不レ絕。幸爾往探レ之、必不レ得レ金、亦何傷。宗七竟從二閨訓一、詣レ京、詢得二其家一。入レ之、有二老媼一坐。乃以二丐者言一告レ之、又以レ袱示レ之。媼未レ答、傍有二少女一曰、道人令三兒白線刺二龍鶴二字一、可レ驗。因取視、果是。遂得レ金歸、以營二糴糶一。不レ久富甲二一鄕一。

〔書き下し文〕　漆工の宗七は岐岨の人、鸞教を崇信し、朝昏に彌陀帝を唱ふ。里中に一丐《いちがい》者來たりて、疫《えき》を病み道に臥す。居人、傳染を恐れ、敢えて之に近づく者無し。宗七、之を憐み、扶け歸りて耳舍《じしゃ》に置く。疏食《そし》を飼し湯藥を飲ましめば、數日にして方《はじ》めて痊《い》ゆ。丐者曰く、「君が家の運氣は將に交わらんとす。宜しく勉めて經紀すべし。憾《うらむら》くは貲本を缺く。吾に白金百兩有り、大耳の婆が所に寄す。洛西某街某衚衕の一鋪の泥孩鶯哥《にかいあうか》等の物を賣る者が、即ち其の家なり。君往きて之を取れ」と。因りて一小袱《ふく》を授けて曰く、「之を持ちて信と爲せ」と。遂に翩然《へんぜん》として去る。宗七、其の妄を疑ふ。妻曰く、「向《さき》に寶牌を買ひて帶に夾み、食を飼する時、偶《たまたま》枕邊に墮つ。丐者、拾ひ視て曰く、『此れ應に盲錐《まうすい》を受くべし。然れども五百錢に過ぎず』と。果して其の言の如し。是れ太だ奇なり。且つ今年は鸞師五百回忌に當り、四方の香人、絡繹《らくえき》として絶へず。幸に爾《なんぢ》往きて之を探れば、必ず金を得ずとも、亦た何ぞ傷《いた》まん」と。宗七は竟に閨訓《けいくん》に從ひ、京に詣り、詢《たづ》ねて其の家を得たり。之に入れば、老嫗《らうう》有りて坐す。乃ち丐者の言を以て之に告げ、又た袱を以て之に示す。嫗は未だ答へず。傍に少女有りて曰く、「道人、兒をして白線もて龍鶴二字を刺さしむ。驗すべし」と。因りて取りて視れば、果して是なり。遂に金を得て歸り、以て糴糶《てきてう》を營む。久しからずして富は一郷に甲たり。

〔**語彙注釈**〕　○岐岨　木曾。　○親鸞（一一七三～一二六二）　浄土真宗の祖。　○丐　乞食。　○耳舍　耳房、脇部屋。　○餉　おくる。与える。　○疏食　粗末な食事。　○運気将交　運が向くこと。　○湯薬　煎じ薬。　○痊ゆ　（病が）いえる。　○経紀　運営すること。筋道を立てて取り仕切ること。　○泥孩　泥人形。　○鶯哥　鸚鵡の俗称。清の葆光子『物妖志』「雑類・泥孩」「宋時臨安風俗、嬉游湖上者、競売泥孩・鶯哥等物」。　○袱　袱紗。物を包む布。ふろしき。　○信　証拠。　○翩然　ひるがえるさま。飄然と。　○寶牌　富籤の札。富籤とは、

33　原文は「過」に作る。

富札を売り出し、木札を錐で突いて当たりを決め、当たった者に褒美金を給するもの。今の宝くじのようなもの。○盲錐　目隠しをして木札を錐で突くこと。○香人　信者。○絡繹　人馬の往来などの絶えず続くさま。○閨訓　妻のおしえ。妻のすすめ。○詢　問う。○老嫗　老婆。○道人　道を会得した人。仙人や僧。俗世間を離れた人。ここでは、先の丐者を指す。○糴糶　穀物を買うことと売ること。穀物の売買。○甲　第一となる。「富甲一郷」は村一番の金持ちになった。

〔解説〕　民話の中には、神様や弘法大師などが乞食に身を俏《やつ》して民間に現れる話がある。「弘法清水」、「大歳の客」[34]がその例である。「大歳の客」といっても幾つかのパターンがあるものの、大歳（大晦日）の夜、みすぼらしい旅人が民家を訪れて泊めてもらい、恩に感じた旅人が民家に富をもたらすというのが典型的な話である。ただ旅人の正体はいろいろである。本話では、乞食の姿をした人物はいったい何者なのか、その具体的正体は明らかにはされないが、後半「道人」という語で呼ばれるところを見れば、やはり僧侶であったろう。それも「鸞教（浄土真宗）」の信者のもとに現れたのであるから、親鸞の化身とも考えられる。浄土真宗王国と言われる北陸の地ならではの一話である。また、文政年間は富くじが盛んに行われたといわれるが、その時代を反映してか、「賓牌」（籤の札）に当たるという趣向が取り入れられている。

第十六話 赤剝村僧—力持ちの僧侶—

〔現代語訳〕 村の西の赤剝村のある僧は、比類ない力持ちだった。僧房の裏は田畑が連なり、大きな石が一つあった。隣村の豪農がこの石を庭に置こうとして、人足八人を雇って運ばせ、一日かかってようやく五十歩ほど動かした。その夜、僧はひそかに石を担いで元の所に戻した。次の日早朝、みなは驚いて「天狗様(日本では「様」は尊称で、「君」というのと同じである)の仕業だ」と思った。僧はそれを笑って「天狗はここにいるぞ」と言い、さらに、人足に「この石を動かすのに何日かかるか」と尋ねた。「五日かけなければ無理です」と(人足が)言うと、(僧は)「某乙は税を納められず、その女房を売ろうとしている。お前たちは賃金で請け出してくれ、私一人でこの石を移すから」と言った。みないい話だと思った。僧はそこで石を背負って、歌を歌いながら運んだが、余裕綽々で余力があった。また、ある家に老木が一株あり、主人は剪定しようとしたが、枝が複雑に入り組んでいて、猿でも攀じ登りにくそうだった。僧は長梯子の端に男を一人縛りつけ、竿を動かすようにそれを動かして、主人の指揮に従って剪定したが、全て思い通りになった。みな「あなたが戦国の世に生まれたなら、きっと大将軍の旗印を掲げたでしょう」と言った。

34 『日本昔話事典』稲田浩二等編、弘文堂出版、昭和五十二年、八八一〜八八三頁。

〔**原文**〕　邑西赤剝村一僧、驍擴無レ比。僧屋後連二田隴一、有二一大石一。鄰村巨家欲三取レ之置二庭中一、傭丁八人運レ之、終日漸出二五十歩外一。當夜、僧竊舁レ之置二舊所一。次早衆大駭念、天狗様（邦俗以様為尊稱、猶曰君）所レ為也。僧笑レ之曰、天狗在レ此。且問二運夫一曰、移レ之以二幾日一。曰、非二五日一不レ能。曰、某乙欠二税租一、欲レ鬻二其妻一。爾等以二傭錢一償レ之、我一人以移レ之。衆以為二美談一。僧乃負[35]二諸背上一、謳歌而行、綽然有二餘力一。又一家有二老樹一株一、主人欲レ一二洗之一。而迸柯斜枝、雖二猱狙一有二難レ攀者一。僧以二長梯一綑二縛一夫其端一、弄レ之如レ弄レ竿。隨二主人指揮一截二除之一、無下不二如意一者上。咸曰、使三君出二於戰國一、必柱二大將軍印一。

〔**書き下し文**〕　邑西の赤剝村の一僧、驍擴《げうくわう》たること比《たぐひ》無し。僧屋の後は田隴《でんろう》に連なり、一大石有り。鄰村の巨家之を取りて庭中に置かんと欲し、傭丁《ようてい》八人之を運ぶ。終日漸く五十歩の外に出だす。當夜、僧竊《ひそ》かに之を舁《か》きて舊所に置く。次早衆大いに駭きて念ふ、天狗様（邦俗は様《さま》を以て尊稱と為す、猶《な》ほ君と曰ふがごとし）の為す所なり」と。僧之を笑ひて曰く、「天狗此に在り」と。且つ運夫に問ひて曰く、「之を移すに幾日を以てす」と。曰く、「五日に非ざれば能くせず」と。曰く、「某乙税租を欠き、其の妻を鬻《ひさ》がんと欲す。爾等《なんぢら》傭錢を以て之を償へ、我一人以て之を移さん」と。衆以って美談と為す。僧は乃ち諸《これ》を背上に負ひ、謳歌して行く。綽然《しやくぜん》として餘力有り。又た一家に老樹一株有り、主人之を一洗せんと欲す。而るに迸柯《はうか》斜枝、猱狙《だうそ》と雖も攀《よぢ》り難き者有り。僧長梯《ちゃうてい》を以て一夫を其の端に綑縛《こんばく》し、之を弄すること竿を弄するが如し。主人の指揮に随ひ之を截《せつ》除《じょ》し、如意ならざる者無し。咸《みな》曰く、「君をして戰國に出でしめば、必ず大将軍印を柱《ちう》せん」と。

〔語彙解釈〕　○驍擴　強く、猛々しいこと。勇猛であること。○田隴　田畑。○傭丁　やとわれ人足。○竊かに　ひそかに、こっそり。○舁く　かく、かつぐ。○駭く　おどろく。○鬻ぐ　売る。○爾　あなた。おまえ。○謳歌　節をつけて歌う。○綽然　ゆったりと。余裕で。○洗　宋陸佃『埤雅』巻十五・釋草・竹に「今人穿沐叢竹、芟其繁亂、不使分其勢、然後枝榦茂擢、俗謂之洗、洗竹第如洗華例、非用水也」とある。○迸柯斜枝　四方八方に枝分かれした枝と斜めの枝。枝があちこちに不規則に伸び、錯綜している様子。○猱狙　猿。○長梯　長梯子。○綑縛　しばりつける。しばる。○截除　切除する。剪定する。○柱　ささえる。○印　旗印。

〔解説〕　かつて、労働の全ては人力に頼らざるを得なかった。当然、力のある者は尊敬の的になった。そんな中、身体の鍛練と娯楽を兼ねた「力くらべ」の行事も全国各地に生まれて行く。昔

35　原文は「肩」に作る。

話としても「力太郎」や「桃太郎」、「力くらべ」（仁王や五王など）などはよく知られているが、それ以上に世間話の中で各地に多くの大力の人物が伝わっているという。[36] この一話もそのような中で生まれたものだろう。

第十七話　魑僧―大泥棒・稲葉小僧―

〔現代語訳〕　稲葉魑《こ》（小）僧という者は、泥棒の雄である。一本の綱さえあれば、高く聳える塀や垣根も、平らな地面を歩くようだという。ある夜、巡邏数人が、大橋の上で挟みうちにして生け捕ろうとしたが、魑僧は忽然と姿を消した。松明を持って俯《うつむ》いて橋の裏をのぞくと、魑僧はまるで蝙蝠が天井に貼りつくようにぶら下がっており、どうして落ちないのか分からなかった。生け捕りしようとして、厳しく見張っていたが、明け方に見ると、唯だ着物が一枚かかっているだけだった。行方はわからなかった。

また、ある娘が子どもを背負って郊外を歩いていると、男が一人、後ろから来て針でこどもを刺し、子どもが大泣きした。男が「虫に刺されたのだろう」と言って、また刺すと、子どもはひどく泣いて息も絶えんばかりだった。男が「急いで着物を脱いで振るいな」と言うので、娘が帯を解くと、男はやおらその着物をつかんで逃げた。娘は泣いて罵ったが、男はもう遠くに逃げていた。ちょうどその時、托鉢僧が来合わせ、包を卸し着物を取り出して娘に着せ、家まで送って行った。主人はたいそう喜んで僧を泊まっていくよう引き留めた。夕飯が済むと、僧は『往生要集』を講じた。夜も更けたのでやめて床についた。夜が明けると僧は消え、金銭や什器がたくさんなくなっていた。多分、（僧は）稲葉魑僧で、着物をかっぱらったのはその子分だったのだろう。

また出羽の婦人数人が身延山にお参りに行ったとき、一人の下僕が荷をかついでつき従っていた。魑僧はその腰の巾着を狙って、二人の賊に後をつけさせた。途中に谷川があり、板橋がかかっていた。ちょうどつむじ風が吹いてきて、西瓜が橋の上に落ちて、幾つかの塊に砕けてしまった。婦人たちはそれを拾って食べて、休憩した。下僕も荷をおろして煙草を吸った。二人の賊がいきなりやって来て、下僕の不意を衝いて、水中に突き落とそうとしたが、下僕は転がる車輪のように敏捷で、瞬く間にもう橋の上にすくっと立ち、平然としていた。二人の賊は震えあがり、地に伏して許しを乞うた。下僕が「賊め、道端で馬糞すら拾えないのに、無謀にも虎の髭を抜こうとするのか」と言うと、二人の賊は「大王の命で参りました」と言った。「大王とは誰だ」と尋ねると、「稲葉小僧です」と答えた。「極悪非道の行い、本来なら皆殺しにすべきだが、私は手を下すに忍びな

36　『日本昔話事典』稲田浩二等編、弘文堂出版、昭和五十二年、五三一～五三二頁。

い。しかし、次は許さぬぞ」二賊は鼠のようにこそこそと逃げ帰り、魑僧に報告した。魑僧は言った。「それはきっと角蔵だ。その敏捷さには、私も敵わない。角蔵は以前、博打で大負けして、死ぬほど困窮した。その時、鎌倉の黒僧（禅僧）が高利で貸すと聞いて、出かけて行って頼み込み、妻を借金のかたにして十金を借りたが、期限が来ても返さないので、黒僧が怒って妻を奪おうとした。わたしはそれを見るに忍びず、借金を肩代わりしてやった。黒僧は実は人ではなく、百歳の老狸だ。角蔵も梅毒に蝕まれ、男でなくなってから久しいのに、まだそれほどだとは。畏るべし、畏るべし。おまえらは幸い私の名を出したから良かったが、そうしないと木っ端みじんになってたぞ」。

〔原文〕 稲葉魑僧者、穿窬之雄也。僅施二一線索一、則雖二峻牆聳垣一、如レ履二平坦一云。一夜邏卒數人、于二大橋上一挾而欲レ擒レ之、魑僧忽不レ見。把レ炬俯覘二橋腹一、則渠懸正如三蝙蝠粘二頂楄一。不レ知二其何由不一レ墜[37]也。欲二生捉一レ之、嚴守レ之、向二天明一視レ之、唯懸二一衣一耳。已不レ知レ所レ往。又有二女子一、負レ兒野行。一奴自レ後至、以レ針刺レ兒、兒大嘶。奴曰、虫之螫也。復刺レ之。兒嘶極欲レ絶。奴曰、當下急脱レ衣振上レ之。女乃解レ帶、奴遽攫二其衣一奔。女泣而大罵、奴去已遠。適有二募化僧一來、卸レ包出レ衣著レ女、送二往其家一。主人大悦、留レ僧一宿。晩食畢、僧講二往生要集一。夜深罷而寐。黎明僧不レ在、金錢什物多失。蓋魑僧而攫レ衣者其雛也。

又羽州婦人數輩、以二香社一上二身延山一、一僕荷擔從レ之。魑僧欲レ掠二其腰纏一、遣三一賊一尾二‐綴之一。途經二溪水一、駕[38]二一板橋一。偶有二旋風一、以二西瓜一墮二橋上一、碎為二數片一。婦輩拾喫レ之、且憩。僕亦息レ肩吹レ煙。二賊突至、乘二僕不意一、築レ之墜二水中一。僕捷[39]如二轉輪一、倏已卓二‐立橋上一、神色自若。二賊戰慄[40]、伏レ地乞レ死。僕曰、賊子、道側不レ能レ拾二馬糞一、妄來欲レ拔二虎髭一耶。二賊曰、受二大王命一來。曰、大王伊誰。曰、稻葉魑僧。曰、豺狼之行、本合二盡誅一。然亦吾所レ不レ忍、再犯不レ宥。二賊鼠竄而去、以報二魑僧一。魑僧曰、是必角藏也。其趫捷吾不レ能レ敵也。角嘗呼二盧雉一、大輸。困急幾死。時聞三鎌倉黑比邱放二利債一、往而苦求、黑則署二妻於券一、貸以二十金一。而過レ期不レ償、黑怒將レ奪二其妻一。吾不レ忍レ睹レ之、為代償レ之。黑實非レ人、蓋百歲老貛也。角又為二楊梅一所レ蝕、為レ鬮久、而猶レ是。可レ畏可レ畏。爾等幸呼二吾名一、不レ然則虀粉矣。

〔**書き下し文**〕　稲葉魑僧《こそう》なるものは、穿窬《せんゆ》の雄なり。僅かに一つの線索を施せば、則ち峻《しゅん》牆《しやう》聳《しよう》垣《ゑん》と雖も、平坦を履むが如しと云ふ。一夜邏卒《らそつ》數人、大橋上に挾みて之を擒《とら》へんと欲す。

37　原文は「肩」に作る。
38　原文は「駕」に作るが、「架」と思われる。
39　原文は「揵」に作る。
40　原文は「慄」に作る。

魑僧忽ち見へず。炬を把《と》りて俯《うつむ》きて橋腹を覘《うかが》へば、則ち渠《きょ》は懸《かか》りて正に蝙蝠の頂槅《ちゃうかく》に粘ずるが如し。其の何に由りて墜ちざるかを知らざるなり。生きながら之を捉へんと欲し、嚴しく之を守り天明に向《なんなん》として之を視れば、唯だ一衣を懸くるのみ。已に往く所を知らず。

又た女子有り、兒を負ひて野行す。一奴後ろ自り至り、針を以て兒を刺す。兒大いに嘶《さけ》ぶ。奴曰く「虫の螫《せき》ならん」と。復た之を刺す。兒嘶び極まりて絶せんと欲す。奴曰く、「當に急に衣を脱し之を振ふべし」と。女乃ち帶を解けば、奴遽《には》かに其の衣を攫《と》りて奔る。女泣きて大いに罵しるも、奴去ること已に遠し。適《たまたま》募化の僧有り、來りて包を卸《おろ》し衣を出だして女に著《き》せ、送りて其の家に往く。主人大いに悅び、僧を留めて一宿せしむ。晩食畢《お》へて、僧は『往生要集』を講ず。夜深くして罷めて寐ぬ。黎明《れいめい》僧在らず。金錢什物《じふぶつ》多く失す。蓋し魑僧にして衣を攫ふ者は其の雛なり。

又た羽州の婦人數輩、香社を以て身延《みのぶ》山に上り、一僕荷擔《かたん》して之に從ふ。魑僧、其の腰纏《えうてん》を掠《かす》めんと欲し、二賊を遣りて之を尾綴《びてつ》せしむ。途に溪水を經《へ》、一板橋を駕す。偶たま旋風有りて、西瓜を以て橋上に墮とす。碎けて數片と為り、婦輩拾ひて之を喫し、且つ憩ふ。僕も亦た肩を息め煙を吹く。二賊突として至り、僕の不意に乘じ、之を築きて水中に墜とす。僕捷《せふ》たること轉輪の如く、焂《たちま》ち已に橋上に卓立し神色自若たり。二賊戰慄し、地に伏して死を乞ふ。僕曰く、「賊子は道側に馬糞を拾ふ能はざるに、妄《みだ》りに來りて虎髭を拔かんと欲するか」と。二賊曰く、「大王の命を受け來り」と。曰く、「大王は伊れ誰ぞ」と。曰く、「稻葉の魑僧」と。曰く、「豺狼《さいらう》の行、本と合《まさ》に盡く誅すべし。然れども亦た吾が忍びざる所なり、再び犯さば宥《ゆる》さず」と。二賊は鼠竄《そざん》して去り、以て魑僧に報ず。魑僧曰く、「是れ必ず角藏ならん。其の趫捷《けうせふ》、吾れ敵すること能はざるなり。角嘗て盧雉《ろち》を呼びて、大いに輸す。困急して幾んど死せんとす。時に鎌倉の黒比邱《びく》の利債を放つと聞き、往きて苦求す。黒は則ち妻を券に署し、貸すに十金を以てす。而して期を過ぎて償はず、黒は怒りて將に其の妻を奪はんとす。吾は之を睹るに忍びず。為に代はりて之を償ふ。黒は實は人に非ず、蓋し百歳の老貛《らうかん》なり。角は又た楊梅《やうばい》の為に蝕せられ、閹《えん》と為ること久くして、而して猶ほ是くのごとし。畏る可し、畏る可し。爾等幸に吾が名を呼ぶ。然らずんば則ち虀粉《さいふん》たらん。

〔**語彙注釈**〕　○魑　鬼のようなさま。○穿窬　「穿」はうがつ。「窬」はこえる。「穿窬」は壁に穴をあけたり、塀や垣根を越えたりして、忍び込んで物を盗むこと。泥棒。また、こそこそ悪い事をすること。○線索　なわ、つな。○峻牆聳垣　「峻」も「聳」も高いこと。「牆」「垣」は塀、垣根。○平坦　平らな地面。○邏卒　「邏」はめぐる。巡視する。「邏卒」は見まわりの兵卒。○渠　三人称代名詞。○頂槅　天井。○天明　夜明け、明け方。○嘶　むせび泣く。泣く。○螫　虫が刺すこと。○攫む　とる。つかむ。○募化僧　托鉢僧。乞食坊主。○『往生要集』　恵心僧都源信の著。三巻。寛和元（九八五）年成立。浄土教の立場で、仏教の経典や論書などから、極楽往生に関する文章を集めた仏教書。○什物　日常の器具。

○雛　小坊主。手下。手の者。　○香社　お参り。　○身延山　山梨県南巨摩郡身延町と早川町の境にある山。山麓の中ごろ付近に日蓮宗総本山である身延山久遠寺がある。　○腰纏　腰につけたもの。　○尾綴　ここでは尾行する。跡をつける。　○喫う　食べる。　○築　「つく」と訓じられるので、「衝く」の意で用いたものか。　○轉輪　回転する車輪。　○焂　「倏」と同じ、すみやか。たちまち。にわか。　○卓立　他にぬきんでていること。ここでは、すくっと立ったという意か？　○伊　これ、かれ。　○豺狼　「豺」はやまいぬ、「狼」はおおかみ。転じて、やまいぬやおおかみのような、残酷な人のたとえ。　○宥　ゆるす。　○鼠竄　ねずみのようにこそこそ逃げる。　○趫捷　身軽で素早いこと。　○盧雉　「盧」「雉」はいずれも樗蒲（中国古代のサイコロ賭博）の賽の目の名。転じて、「盧雉」でサイコロ賭博の意。　○輸　まける。　○困急　困る。「急」は差し迫っていること。　○比邱　比丘に同じ。雍正の時、孔子の名（丘）を尊重し、「丘」の字を「邱」と改めた。僧。　○券　手形。ここでは、借金の証文。　○貛　まみ、まみだぬき、また、おおかみのおす。　○楊梅（瘡）　梅毒。　○閹　去勢された人。　○齏粉　粉みじん。木端微塵。

〔**解説**〕　鎌倉の黒比丘とは、鎌倉で黒い袈裟を着けている僧侶、すなわち禅僧を指すだろう。江戸時代は、寺受制度などによって、経済的に安定した寺院も数多く生まれ、富くじや金貸しを行う僧侶も出て来たという。一方、稲葉魆僧（一般的には稲葉小僧と記す）は、盗人であったがその機便さで名を馳せた。捕まって護送される道中、不忍池に飛び込み逃げた逸話が歌舞伎になり、全国に知られるようになった。杉田玄白『後見草』（天明九年）には稲葉小僧の機敏さが「明れば五年、今年は世中穏かに、五穀の価もや、賤しく、人々もいとなみ安く、悦び勇み侍りぬ、然るに、春より秋に至り、世に稲葉小僧といへる曲者《くせもの》有、と沙汰したり、此《この》曲者の振舞は、並々の盗賊ならず、人家の軒に飛上り、飛下ること、天をかける鳥よりも軽く、又塀を伝ひ、屋根を走る事、地を走る獣よりも早しと也、然るにより、如何なる堅固の御屋形にても、此曲者の忍び入らんとおもひし所、はいり得ずといふ事なし」[41]と記されている。また、滝沢馬琴の『兎園小説余録』に稲葉小僧の一項があって「天明のはじめの頃、あだ名を稲葉小僧といふ盗賊ありけり、親は稲葉殿の家臣なりしが、その身幼少より窃癖《ヌスムクセ》ありければ、竟に親に勘当せられて夜盗になりぬ、よりて、悪党仲ヶ間にて、稲葉小僧と呼ぶといふ巷説あり、虚実は知らず、かくて、此もの谷中のほとりにて、町方定廻り同心に搦捕られ、向寄の自身番へ預けられしかば、町役人等索かけられしまゝ具して、町奉行所へ赴る程に、不忍の池ほとりにて、内逼りぬ出恭《ダイベン》せまほし、といふにより、そのほとりなる茶店の雪隠に入れたるに、厠にありし程、窃に綁縛の索を解はづして、走りて池中に飛入りつゝ、水底

41　『燕石十種』第二巻、森銑三等監修、中央公論社、昭和五十四年、一三二頁。

をや潜りけん、ゆくへも知れずなりしとぞ、折から薄暮の事なりければ、さわぐのみにて求猟《アサリ》かねしといふ風聞、人口に膾炙しけり、この頃、葺屋町の歌舞伎座にて、この事を狂言にとり組て、殊さらに繁昌したりき」[42]と見える。なお、山下昌也『実録　江戸の悪党』[43]には、稲葉小僧像の変遷が簡潔にまとめられている。

第十八話　白線―江戸時代のスーパーウーマン―

〔現代語訳〕　白線はすごい女性だ。蝶や蛍の図鑑にはすべて精通していた。貴人の家に数年仕え、母の病のため暇をもらって故郷に戻った。ある詩友（吟友）が送別に「千里君は帰る秋の故郷へ。楊花一曲かなでる隅田川のほとり。後に思えば断腸の思いに駆られよう。この十年の、江戸の朧月の遊び」と詠んだ。白線は答詩を詠んだ。「十年の楽しい時は花畑の花のよう。誰が思おう、突然別れの詩を詠うとは。哀れんでください、都会の華やかな鸚鵡のいる館の私が、山奥の蝙蝠住む家に帰ることを」。白線は中年になっても、なお風流韻事を楽しんでいるようだった。ある人が「あなたは月を見て昔を思いだしますか」と尋ねると、白線は「開元通宝の裏の三日月を見ても昔の事を考えます。ましてや本当の月を見ればなおさらですわ」と答えた。

また「中国に、琵琶の名手がいて、弾くたびに魚が躍り鳥が下りてくるそうだ」と言うと、白線は笑って言った。「それは案山子《かかし》が雁を脅すようなもので、琵琶の力ではありません。私が三味線を弾いたら人々が集まってきますから、愚かな魚や鳥などの助けは要りません」

〔原文〕　白線奇女子也。蝶譜螢經無レ不二通曉一也。給二侍於侯[44]門一數年、以二母羅レ病乞レ暇、還二故里一。有二吟侶一送別曰、千里君歸故國秋、楊花一曲墨河頭。他時相憶魂應レ斷、十歲江城煙月遊。白線答曰、十歲歡娯一圃花、何思忽入二別離歌一。可レ憐鸚鵡樓頭女、歸省山中蝙蝠家。白線及二半老一、猶有二疑風猜月態一。或問曰、卿見レ月憶レ昔乎。白線曰、見二開元錢紘月一尚思レ古、況眞風月乎。又語レ之曰、西州有レ人善二琵琶[45]一、每彈レ之、輒魚躍鳥下。白線笑曰、是猶二草偶嚇レ雁、非二琵琶[46]靈一也。吾撥二三絃一則人集、魚鳥之愚何必資焉。

42　『新燕石十種』第六巻　森銑三等監修、中央公論社、昭和五十六年、四〇一頁。
43　学研新書０８３『実録　江戸の悪党』山下昌也著、学研パブリッシング、二〇一〇年。
44　原文は「候」に作る。
45　原文は「琵巴」に作る。
46　原文は「比巴」に作る。

〔**書き下し文**〕　白線は奇女子なり。蝶譜螢經通曉《つうげう》せざる無きなり。侯門に給侍すること數年、母の病に罹《かか》るを以て暇を乞ひ故里に還る。吟侶有り、送別して曰く、「千里君歸る、故國の秋、楊花《やうか》一曲墨河の頭。他時相憶へば魂應《まさ》に斷つべし、十歳の江城煙月の遊」と。白線答へて曰く、「十歳の歡悞《くわんご》、一圃の花。何ぞ思はん忽ち別離の歌に入るを。憐む可し、鸚鵡樓頭の女。歸省す、山中の蝙蝠の家に」と。白線半老に及ぶも、猶ほ疑風猜月《ぎふうさいげつ》の態有るがごとし。或ひと問ひて曰く、「卿は月を見て昔を憶ふか」と。白線曰く、「開元《かいげん》錢の絃月《げんつき》を見ても尚ほ古を思ふ。況んや眞の風月をや」と。

又た之に語りて曰く、「西州に人有り、琵琶を善くし、毎に之を彈けば、輒ち魚躍り鳥下る」と。白線笑ひて曰く、「是れ猶ほ草偶《さうぐう》の雁を嚇《おど》すがごとし、琵琶の靈に非ざるなり。吾三絃を撥せば則ち人集る。魚鳥の愚、何ぞ必しも資《よ》らん」と。

〔**語彙注釈**〕　○奇　普通と異なる（優れた、珍しい、不思議だ）。○侯門　貴人の家。○羅る　罹に同じ。（病などに）かかる。○楊花　柳絮と同じ。カワヤナギの花。○墨河　隅田川。○断魂　しみじみと思う。○煙月　おぼろ月。○鸚鵡楼頭　「鸚鵡家」は立派な家のことで、粗末な家を指す「蝙蝠家」と対をなす。○半老　中年の婦女にまだ風韻（色気）があること。いわゆる「年増盛り」。○疑風猜月　疑猜、うたがったり、ねたんだりすること。○絃月唐代の通貨。開元通宝の裏に三日月模様があるもの。〇風月　①色ごと。②景色と月。〇魚躍鳥下　『列子』湯問に「瓠巴鼓琴、而鳥舞魚躍」、また『荀子』勧学篇に「瓠巴鼓瑟而流魚出聴、伯牙鼓琴而六馬仰秣（瓠巴が瑟を弾けば魚が水から出て聴き、伯牙が琴を弾けば天子の馬車をひく六頭の馬も仰ぎ見るほどだ）」とある。〇草偶　かかし。

〔**解説**〕　「奇女子」は、合山究氏が『明清時代の女性と文学』の中で「明清時代には女俠や奇女子に関する単篇の伝記や逸事類も従前に比べてはるかに多く載録されるようになり、当時の文人の文集、筆記、雑記などにその種の記事が多数存在する」[47]と記すように、明清の文人の書籍に多く登場する。例えば、清の虞稷の『千頃堂書目』三十二巻には、明の小説『奇女子伝』の序が収められ、奇女子について、「女子中の奇節、奇識、奇慧、奇謀、奇胆、奇力、奇文学、奇情、奇俠、奇癖ある者」「女子の難に臨んでその節を奪われず、知勇退賊、或は殲盗報仇の事跡あり」と記している。これに従えば、本話の「白線」は「奇識、奇慧」の女性ということになろうか。

江戸時代の日本でも、中国の文学を好む人々の間で、そのような秀でた女性を評価する気風が生まれた。その一端は、「列女伝」の和刻本の他、寛文八（一六六八）年刊『全像本朝古今列女伝』

47　『明清時代の女性と文学』合山究著、汲古書院、二〇〇六、五六〇頁。

の出版にもみられる。この本は古今の列女を記したもので、「巻一后妃伝、巻二夫人伝、巻三孺人伝、巻四婦人伝、巻五妻女伝、巻六妾女伝、巻七妓女伝、巻八処女伝、巻九奇女伝、巻十神女伝」計二一七人の女性のことが記されていて、その巻九に「奇女伝」が置かれている。

第十九話　鶯鬼―ウグイスの幽霊―

〔**現代語訳**〕　石川君は、名は憲、号は雪峡、私の忘年の友（年の差を超えた友）である。以前、ウグイスを二匹飼っていた。雌の方が死んで十日ばかりして、石川君が朝早く起きて窓を開けて座っていた。朝の光がかすかに射したので、振り返って見ると、籠の中で二匹のウグイスが首を交差し翼を重ねており、以前のようなつがいだった。ほどなく雌は煙のように消え失せ、雄の悲しむ様が憐れだった。石川君はとても不思議に思い、そのことを私に語った。私は「それはウグイスの幽霊だよ。情誼を感じて来たのだ。「通幽記」の唐晅《けん》の妻のようなものかな」と言った。それで「鶯鬼行（鶯の幽霊のうた）」を作って贈った。石川君はこんなことも言った。「鈴虫の形は瓜の種のようで、羽を振わせて音を出します。中国では金鐘児といい、金琵琶というのもこれです。一たび振わせて、四、五回鳴くのは恒品、六、七回は奇品、九、十回は神品です。神品はいたって入手しにくい。この虫はどの村にもいますが、私の村にはあまり多くありません。以前、雌雄（鳴く者は雄で、鳴かないのは雌である）各六、七匹ずつを飼い、秋も半ばになって弱ってきたら、瓶に入れて土中に埋めました。次の年の啓蟄の頃に掘り出だして見ると、虫はもう消えて殻も残っておらず、ただノミやシラミのように小さな虫が無数に次々跳び出してきたので、草畔に放してやると、秋になってスズムシの声が村中に響きました」

〔**原文**〕　石川生名憲、号二雪峽一。予忘年友也。嘗飼二兩鶯兒一。其雌死旬餘、生蚤起開レ窗坐。晨光喜微、顧二見籠中一雙鶯交レ頸接レ翼、伉儷如レ故。俄頃雌忽為レ煙而散、雄愁狀可レ憐。生大怪以語レ予。予曰、是鶯鬼也。感レ情來、猶二唐晅婦一乎。因作二鶯鬼行一貽レ之。生又曰、鈴虫其形如二紅瓢子一、振レ羽作レ聲。唐山曰二金鐘兒一、或稱二金琵琶一者是也。一振連二四五聲一者、為二恒品一、六七聲為二奇品一、九聲十聲為二神品一。神品至不レ易レ得也。此虫郷郷有レ之、唯吾邑不二多産一。向養二雌雄鳴者為レ雄、不レ鳴為レ雌。各六七枚一。迄二秋半憔悴[48]一、納レ瓶埋[49]二土中一。次年啓蟄候、掘出視レ之、既

48　原文は「枠」に作る。
49　原文は「理」に作る。

銷不レ留二蛻殻一[50]。只虫子細微如二蚤蟣一者百數、紛紛躍出、隨散二之草畔一。輒至レ秋、鈴聲滿レ境。

〈書き下し文〉　石川生、名は憲、雪峡と号す。予の忘年《ばうねん》の友なり。嘗て兩鶯兒《あうじ》を飼ふ。其の雌死して旬餘、生蚤《つと》に起きて窗を開き坐す。晨光喜微《きび》にして、籠中を顧り見れば、雙鶯頸を交へ翼を接し、伉儷《かうれい》たること故の如し。俄頃、雌は忽ち煙と為りて散ず。雄の愁狀憐む可し。生大いに怪みて以て予に語る。予曰く、「是れ鶯鬼なり。情を感じて來る。猶ほ唐咺《たうけん》が婦のごときか」と。因りて「鶯鬼行」を作りて之に貽る。生又た曰く、「鈴虫、其の形は紅瓢子《こうじやうし》の如く、羽を振ひて聲を作す。唐山《たうざん》に金鐘兒と曰ひ、或は金琵琶と稱する者は是れなり。一振の四五聲を連ぬる者は恒品と為し、六七聲は奇品と為し、九聲十聲は神品と為す。神品は至りて得易からざるなり。此の虫は郷郷に之れ有り、唯だ吾が邑は多くは産せず。向《さき》に雌雄（鳴く者は雄と為し、鳴かざるを雌と為す）各六七枚を養ふ。秋半憔悴《せうすい》に迄《およ》びて、瓶に納め土中に埋む。次年、啓蟄《けいちつ》の候、掘り出だして之を視れば、既に銷《き》えて蛻殻《せいかく》を留めず。只だ虫子の細微にして蚤蟣如き者百數、紛紛として躍り出づ。隨ひて之を草畔に散ず。輒ち秋に至り、鈴聲境に滿つ。

〈語彙注釈〉　○忘年　年齢の差を忘れること。忘年之友とは年齢が離れているが友人関係にある者。　○蚤に　早く。　○晨光喜微　夜明けの陽光。陶淵明『帰去来辞』に「恨晨光之熹微」とある。　○伉儷　「伉」も「儷」もつれあいの意、夫婦。　○唐晅　「通幽記」（『太平広記』巻三三二に収める）に見える人物。唐晅が妻を残して都に行った時、夢に妻が花の向こうで最初泣き、次いで井戸を見て笑った。目が覚めて不吉な夢だと思って、占い師に聞くと、「花の向こうで泣くのは花のように散ること、井戸を見て笑うのは黄泉の国に行くのを喜んでいること（夢其妻隔花泣、俄而窺井笑。及覺、心惡之、明日、就日者問之。曰「隔花泣者、顏隨風謝。窺井笑者、喜於泉路也」）と言った。果たして妻は死んでいたが、唐晅が詩を賦すとそれに感じて、妻（の霊魂）が彼のもとにやって来る。二人は嘗ての夫婦のように言葉を交わした。　○行　詩体の一種。曹操の「短歌行」は有名。　○紅瓤子　（ウリ類の）わた。（果実・種子の）実。　○唐山　中国のこと。唐土。　○啓蟄　三月六日頃。および春分までの期間。雨水から数えて一五日目頃。啓は「ひらく」、蟄は「土中で冬ごもりしている虫」の意味で、大地が暖まり冬眠していた虫が、春の訪れを感じて穴から出てくる頃。　○銷　「消」と同じ。　○蛻売　虫の抜け殻。　○蚤蟣　ノミとシラミ。

〔**解説**〕　石川憲とは、『高岡詩話』に、蛎洲翁社中のメンバーの一人として「石川雪峽名憲、称新保屋周平」とあり、『高岡の町々と屋号（第二号）』にも、高岡の町頭として、文化八年に「新保

50　原文は「売」に作る。

屋周平」の名前が登場する。本書の末尾の「跋」も石川憲によって記されている。本話からは、石川憲という人物の鈴虫やウグイスの愛好ぶりと同時に、作者と年下の友との日常の交流が垣間見られる。

第二十話　五萬度山―瑪瑙の山―

〔**現代語訳**〕　我が郡の五万度山は、山全体が瑪瑙《めのう》で、すき間を黄沙白土が埋め、透き通ったように美しく、山全体が一個の大きな原石と言ってもいい。この地にはまた、大きな塊が土中に埋まっているが、その平らかさは砥石のようで、その広さは何キロにも及ぶ。おそらく、奇石珍玉の類だろう。住民の多くがその上で耕作しているという。ちょっとしたかけらでも、弄石家（奇石収蔵家）たちは争って買う。紅水晶に白い斑、黄石英に青い筋、天工神業のような石のさまざまな色や状態は言葉では書き表せない。妻の実家に、白い石英が一個あった。直径十五、六センチほどで、一面に沢山の泡が湧き立つような針状結晶があり、きわめて美しくすばらしい。北越はもともと豊穣の国といわれている。ましてや立山の多くの景勝地、海に現れる蜃気楼などはいずれも世間で評判が高い。しかし、五万度の素晴らしさは、まだ知られていない。私は足にまめをつくるほど旅したが、自分ではまだその地を訪れたことはない。しかし、地元の人の話ですでに熟知している。中国の「崑岡」というのも、この地と同じなのではないだろうか。ここに簡単に紹介し、石愛好家に知らせよう。

〔原文〕　吾郡五萬度山、遍體瑪瑙、綴以二黄沙白土一、而孔竅玲瓏、謂二之一大璞一可也。此郷又有二一巨塊一、蟠二於土中一。其平如レ砥、其潤亘二數里一。蓋妖璧奇晶屬也。居民多耕二耘其上一云。其片玉寸瑛、弄石家争購レ焉。紅晶有二白暈一、黄瑛有二青紋一、天画神鏤、百色千狀、不レ可二書記一也。岳家藏二白瑛一塊一。徑五寸許、一面生レ藥、若二百泡鬵沸一、玲瓏可レ愛。北越素稱二穰國一。況如三立山諸勝及海現二蜃樓一、竝世之所レ賞也。而五萬度之奇、未レ有二知レ之者一。余繭足亦未三嘗親蹈二其地一。然聞二土人説一、既稔矣。唐山所謂崑岡者、焉得レ無レ同二斯郷一耶。爰略二錄之一、以告二世之好レ石者一。

〔書き下し文〕　吾郡の五萬度山、遍體瑪瑙《めなう》にして、綴《つづ》るに黄沙白土を以てし、而して孔竅玲瓏《こうけうれいろう》として、之を一大璞《はく》と謂ふも可なり。此の郷、又た一巨塊有りて、土中に蟠《わだかま》る。其の平らかなること砥の如く、其の潤《ひろ》きこと數里に亘る。蓋し妖璧奇晶の屬なり。居民多く其の上に耕耘《かううん》すると云ふ。其の片玉寸瑛《へんぎょくすんえい》も、弄石家《ろうせきか》、爭ひて焉を購ふ。紅晶に白暈《はくうん》有り、黄瑛に青紋有り、天画神鏤《てんがしんろう》、百色千狀、書記する可からざるなり。岳家、白瑛一塊を藏す。徑五寸許り、一面に蘂《ずい》を生じ、百泡觱沸《ひっふつ》するが若く、玲瓏として愛す可し。北越は素《もと》穰國と稱せらる。況んや立山諸勝及び海に蜃樓現するが如きは、竝《なら》びに世の賞する所なり。而して五萬度の奇、未だ之を知る者有らず。余は繭足《けんそく》して、亦た未だ嘗て親ら其の地を蹈まず。然れども土人の説くを聞くこと既に稔《ねん》たり。唐山の所謂崑岡なる者は、焉くんぞ斯の鄉に同じこと無きを得んや。爰に之を略錄して、以て世の石を好む者に告ぐ。

〔語彙解釈〕　○遍體　全体。　○瑪瑙　メノウ。石英の結晶の集合体。　○孔竅　「孔」も「竅」もあな。ただし、『廣西通志』巻十四・山川の「小青山穹窿百丈、…、一山皆孔竅玲瓏可觀」という用例からみると、ここでは「孔竅玲瓏」で山の美しさを形容したものか。　○玲瓏　双声語で、美しい音や様子を描写する擬声語、擬態語。透き通るように美しいさま。鮮やかで美しいさま。すっきりして美しいさま。　○璞　あらたま。掘り出したままで琢磨していない玉。　○蟠る　わだかまる。入り込んでいる。　○濶　ひろい。　○妖璧奇晶　「妖」「奇」は素晴らしいの意、「璧」は玉の一種。「晶」は水晶。水晶は石英の一種。　○片玉寸瑛　「瑛」は水晶の類。「片」も「寸」もわずかであることをいう。かけら。　○弄石家　石のコレクター。　○暈　あや。もよう。　○鏤　刻んで加工すること。　○岳家　岳父母の家、妻の実家。　○蘂　花のしべ。ここでは、石英のインクルージョンの針状結晶のことか。○觱沸　泉などが湧き出るさま。○穰國　穣国。豊穣の地。○繭足　足にまめができるほど歩くこと。○稔　よく熟知している。○唐山　唐土と同じく、中国のこと。○崑岡　崑崙山。崑崙山は、古代、中国の西方にあると考えられていた霊山で、美玉を産するといわれる（『尚書』胤征）。『千字文』に、「金生麗水　玉出崑岡」とある。

〔解説〕　「五萬度山」とは今の富山県の「医王山《いおうぜん》」の辺りを指すと思われる。この辺りの地層は、地元では「刀利の赤壁」と呼び、正式には「刀利礫岩層」といい、今日でも正珪岩の礫を産出する。その石を加工した福光の玉杯は有名である。ちなみに、このような地層は日本では数少なく、大陸と陸続きであったことの証拠であるとも言われる。

瑪瑙は、石英の結晶であり、内部に空洞ができ、透過性があるものもある。本話中、「孔竅玲瓏」とあるのはその美しさを指すのであろう。明治の郷土史家・森田柿園『越中志徴』[51]「礪波郡」の項に「瑪瑙石　大西村。寶曆十四年産物調書に、瑪瑙石。大西村領より出づ。大井川石とも云」とある。大井川は小矢部水系の川であり、本話「五萬度山」の地を流れる川である。『越中志徴』には、その川から瑪瑙が出たことも記されている。

51　森田柿園著、石川県図書館協会編纂、富山新聞社、一九五一。

妻の実家の話が出てくるが、蛠洲の岳父は内藤彦助（享保一九～寛政四）といい、高岡で名を馳せた医者の一人であった。『高岡史料』には「内藤彦助、諱は順、字は子卿、彼丘と号す。少時西京に遊学して、医術を研究し、造詣最も深く、世称して以て医に神なる者と為せり」[52]と見える。また、『高岡湯話』には「利屋町内藤彦助はみづから天民居士と號す。寛政の頃歿せり。其醫たるや當世に横行すべき人なりし」[53]とある。その銘「彼丘先生墓誌銘」によれば、内藤彦助の次女「窈」が「村の街長である寺崎半左衛門（蛠洲）」に嫁いだと記される。また、「傍好二玉石刀劍一、多藏以愉焉」とあり、その玉石への愛好ぶりも記されている。[54]この岳父も漢文の造詣は確かなもので、漢詩集『高陵風雅』（釈自然選　明和四年刊）に蛠洲の父と共に五言律詩が収められている。

第二十一話　金光燭天—天に光る謎の炎—

〔**現代語訳**〕　癸酉年（一八一三）十一月、息子が公事で江戸に出向いた。上田宿を出発すると、もう夜が明けているのに、人の影が地面に伸びているのが見えた。不思議に思って地平線のあたりを仰ぎ見ると、一つの大きな炎が見えた。長さ数メートル、大きな魚のような形状で、金の光で天を明々と照らし、東から来て北に向かって流れ、流れに沿って炎尾が欠けていく。おそらく、風に吹き散らされたのだろう。しばらくすると、激しい雷鳴が轟き、雨も降り始め、沿道の人々は「(この光は)浅間山の方から来た」と言っていた。浅間山を越えてから尋ねると「江戸から来た」と言い、江戸に着いてから尋ねると「東海から来た」と言った。

〔原文〕 癸酉十一月、兒輩[55]因レ公赴二東都一。發二上田驛一、天已明、猶見二人影在レ地。怪レ之仰視二天際一、有二一大燄一、長數丈、若二巨魚狀一。金光燭レ天、自レ東來、向レ北流。隨レ流燄尾缺散。蓋所二風裂一也。頃迅雷一聲、雨亦下。沿路云、自二淺間嶺一來。已過二淺間嶺一、問レ之云、自二東都一來。已抵二東都一、問レ之云、自二東海一來。

〔書き下し文〕 癸酉《きいう》十一月、兒輩、公に因りて東都に赴く。上田驛を發し、天已に明けて、猶ほ人影地に在るを見る。之を怪しみ仰ぎて天際を視れば、一大燄《えん》有り、長さ數丈、巨魚の狀の若し。

52 『高岡史料』「第二篇第八章醫師及び醫事第一節藩政時代の醫師」富山県高岡市役所、明治四十二年発行、七九四頁。
53 『高岡湯話』富田徳風著、高岡文化会、昭和十年、六四頁。
54 前掲『高岡史料』七九四～七九五頁。
55 原文は「青」に作る。

金光天を燭《てら》し、東自《よ》り來り、北に向ひて流る。流れに隨ひて燄尾缺散す。蓋し風に裂かるるならん。頃《しばらく》して迅雷一聲、雨亦た下る。沿路に云ふ、「淺間嶺自《よ》り來《きた》る」と。已に淺間嶺を過ぎて、之を問へば云ふ、「東都自り來る」と。已に東都に抵《いた》りて、之を問へば云ふ、「東海自り來る」と。

〔**語彙解釈**〕　○癸酉　寺崎蛠洲（一七六一～一八二二）の在世中の癸酉の年は文化十年（一八一三）である。○兒輩　原文は「兒青」に作るが、「兒輩」あるいは「兒曹」、「兒息」の誤りか。○燄　ほのお。○燭　てらす。○迅雷　激しい雷。

〔**解説**〕　この一話は、蛠洲の息子が体験したことに基づく。それでは息子とは誰か。蛠州には四人の息子がいたが、「公」によって江戸に行くということからすれば母の実家内藤家を継いで「金沢の藩医」となった長男の孟章であったかもしれない。

その息子が、夜が明けた頃、人影が映るほどの「大燄」を見たという。これは「火球」と呼ばれるものであろう。富山市科学博物館の林忠史氏によれば、火球は火玉とも言われ、隕石で、非常に明るいものであり、大きな音を伴うこともあると言う。ちなみに、十一月頃（ただし、太陽暦）の「おうし座流星群」はこの火球を良く飛ばすという。今日のように、科学的知識や自然現象のデータが共有されていない時代においては、火球という自然現象は不思議なものであったろう。

それにしても、人間の距離感には限界があって、火球の出処を話す場合でも、自分の知識の範囲でしか答えられないものである。

第二十二話、剪扭—スリとは知らずに誘ってみれば—

〔現代語訳〕　北陸の釜師の某は、（京都）東山の諸寺を遊覧した。帰り路で、正面から若い女が一人来て、厚かましくにっこり笑い、腰を擦り合わせてすれ違った。某は、人目のない所を通ったら、誘ってものにしようと思った。そこで引き返して、女についていった。女が森のそばの古寺に入ったので、某も入ると、女は急に土下座して、「悪いことをいたしました。どうぞお許しください」と言いながら巾着を返してよこした。某が愕然として手を伸ばして腰の横を探ると、果して何もなかった。そこではじめて、先に触れ合った時に、もう切り取られていたのだとわかった。そこで女をそこに残したまま、急いで逃げ戻った。

〔原文〕　北國釜匠某、遊二覧於東山諸刹一。歸途有二一少婦一迎レ面來。覥然一笑、磨レ腰而過。某念倘過二幽避所一、誘而犯レ之。便返レ歩從レ之。婦入二林際古祠中一、某亦入。婦俄投レ地曰、知レ罪

矣。萬乞宥レ之。言次以レ嚢還レ之。某愕然伸レ手探二腰際一、果空如。始知向相觸時、早已剗取也。
遂棄レ女奔回。

〔**書き下し文**〕　北國の釜匠某、東山の諸刹を遊覧す。歸途に一少婦有り。面を迎へて來り、覥然《てんぜん》として一笑し、腰を磨して過ぐ。某念ふ、倘《も》し幽避なる所を過《よぎ》れば誘ひて之を犯さんと。便ち歩を返して之に從ふ。婦、林際の古祠中に入り、某も亦た入る。婦は俄に地に投じて曰く、「罪を知る。萬に乞ふ、之を宥せ」と。言次《げんじ》に嚢を以て之に還す。某愕然として手を伸ばし腰際を探れば、果して空如たり。始めて知る、向《さき》に相い觸れし時、早《つと》に已に剗取《さんしゅ》せらるるを。遂に女を棄てて奔り回《かへ》る。

〔**語彙注釈**〕　○釜匠　釜師（茶釜を鋳る職人）か。○剪扭　扭は巾着、「剪扭」とはそれを剪るので「巾着切り」のこと。すなわち、すり。○迎面　正面から。○覥然　恥知らずな様子。ずうずうしい様子。○倘　もし。○言次　言葉のついでに。話しながら。○剗　削り取る、刈るの意。ここでは切るの意か。

〔**解説**〕　高岡には鋳物職人が少なくない。この一話は、高岡の釜師が体験したことを耳にし、笑話仕立てにしたものであろう。誰しも、相手がにっこり笑って近づいてきたら、嫌な気はしない。ましてや妙齢の女性が近づいてきたらなおさらである。一方、後ろめたいことをした者は、相手に悪事が露呈したのではないかと常に心が落ち着かない。その両者によって起こされた勘違いがこの話のテーマである。

なお、江戸時代[56]「巾着切り」は「特殊技術者で、名人と言われるしかるべき親方について修行して技術を習得」したという。

第二十三話、鵰―ワシ、おそるべし―

〈**現代語訳**〉 文化乙丑の年(二年)四月、私が太閤山のふもとを通りかかると、村人が、高い樹のてっぺんにとまっている一匹のワシを指さして言った。「このあたりの森の梢には、鳥の巣がたくさんあります。最初、ワシが来ると、北を向いて立ちました。コウノトリやサギ(大きい鳥)は俯き、雛たちは鳴き、カラスやカササギ(小さい鳥)も大騒ぎで羽をばたばたしましたが、ワシは

56 『実録江戸の悪党』山下昌也著、学研社、二〇一〇年、六六頁。

それを見ようともせず、木彫りの鳥のよう厳然としていました。そこで、鳥たちの驚きや恐れもだんだんと収まっていったようでした。三日過ぎると、ワシは突如西を向きました。鳥たちはまた最初のように驚きました。。今日でもう六日になりますが、結局どうなるのかわかりません」。私は「それは、大きなものを狙っているのだ。子どもを見守って、家から出さないように」と言った。家に帰ってから聞いた話によると、その次の日に、西の村のある寺で大普譜を行うので、ちょうど（祝いの）芸能を奉納する者がおり、住職は屋根に上ってそれを見ていた。住職の三歳の娘が赤い着物を着て住職の肩車に乗っていた。突如、ワシがやって来てその子を攫って行ってしまった。住職は大声で叫び、人々は驚いて仰ぎ見たが、瞬く間に何処に行ったのかわからなくなったという。

また、次のような話も聞いた。去年、農夫数人が庄川を渡っていて、二匹のオオカミが死んだ馬を食っているのを目にした。突然、ワシが一匹飛んできてオオカミを蹴散らし、好き勝手に啄んだ。二匹のオオカミは目を光らせながら傍にうずくまっているだけだった。

〔原文〕 文化乙丑年四月、余過二太閤山下一。村人指三一鵰在二高樹巓一、語曰、四繞林杪、多着二鳥巣一。初鵰至、北向而立。鸛鷺俯伏、群雛皆鳴。烏鵲亦大噪而飜。而鵰不二肯顧レ之、儼如二木鳥一。於レ是漸似二罷レ驚斂レ恐。踰二三日一、鵰忽西向。諸鳥復愕然如レ初。然今既六日、不レ知二其畢竟如何一。余曰、此其志有二甚大者一。護レ兒莫レ出レ門。余既還レ家、聞次日西村一寺、大起二土木一。偶有二獻レ技者一、主僧登二屋上一觀レ之。其女年三歳、着二紅衣一駕而在二僧肩上一。鵰俄至攫レ之去。僧大呼、衆駭仰視、轉瞬失二其所一レ之。

又聞客歳農夫數人過二庄河上一、見三二狼食二死馬一。一鵰忽至蹴レ狼、卻レ之恣二其豖一。二狼眈眈、蹲二其側一耳。

〔**書き下し文**〕　文化乙丑年四月、余、太閤山の下を過ぐ。村人は一鵰《てう》の高樹の巓に在るを指さして語りて曰く、「四繞《しぜう》の林杪《りんべう》、多く鳥巣を着く。初め鵰至り、北に向きて立つ。鸛鷺《くわんろ》俯伏し、群雛皆鳴く。烏鵲《うじやく》亦た大いに噪ぎて翫へる。而るに鵰は肯へて之を顧ず、儼として木鳥の如し。是《ここ》に於いて漸く驚きを罷め恐れを斂《おさ》むるに似たり。三日を踰え、鵰は忽ち西に向く。諸鳥復た愕然たること初めの如し。然して今、既に六日、其の畢竟《ひつきやう》如何なるかを知らず」と。余曰く、「此れ其の志甚だ大なる者有り。兒を護《まも》り門を出すこと莫かれ」と。余、既に家に還りて、聞く。次日、西村の一寺、大いに土木《どぼく》を起こす。偶《たまたま》技を獻ずる者有り、主僧屋上に登りて之を觀る。其の女、年三歳、紅衣を着け駕して僧の肩上に在り。鵰、俄かに至り之を攫《と》りて去る。僧大いに呼び、衆駭きて仰ぎ視るも、轉瞬にして其の之《ゆ》く所を失ふ、と。

又た聞く、客歳、農夫數人庄河上を過ぎ、二狼の死馬を食するを見る。一鵰忽ち至り狼を蹴り之を卻けて其の豖を恣にす。二狼眈眈《たんたん》として其の側に蹲するのみ。

〔語彙注釈〕　○文化乙丑　文化二年（一八〇五）。○四繞　周り。○林杪　林のこずえ。○鸛鷺　「鸛」はコウノトリ、「鷺」はサギ。○烏鵲　カラスとカササギ。または、カササギ。○攫る　とる。○轉瞬　またたきするほどの短い間に。○客歳　去年。

〔解説〕　ワシの獰猛《ねいもう》さと知恵者ぶりを記したもの。ワシが子供を攫《さら》って行く話は、古来からあり、鎌倉時代の説話集『沙石集』には、奈良時代に華厳宗の第二祖良弁が、ワシに攫われ養われたことが記されている。

第二十四話、復讎―仇を討たなかった理由―

〔現代語訳〕　某公の家人の小幡内記は、同僚の秋葉儀太夫の讒言に遇い、自刎して果てた。その子の式太郎は、その時、十歳で、母とともに他郷を流浪した。その後、十六歳になって、夜、儀太夫の家に忍び込んだ。ちょうど、（儀太夫が）明かりをつけて書を読んでいたので、素早く小門を押し開き躍り込んだ。儀太夫は振り向いて式太郎を睨み、威勢はよかったが、身体は少しも動かない。式太郎は変だと思って、すぐには近づかずに、呼ばわった。「小幡式太郎が父の仇討ちに参った。」速やかに首を差し出すべし」。儀太夫はそれでもなお元の通り机によりかかったままである。そこで、式太郎が進み出て斬ろうとして、その陰嚢を見ると、冬瓜のように大きかった。（式太郎は、儀太夫が）すぐ立ち上がって戦えないことをハッと悟り、笑って立ち去った。

〔**原文**〕　某公家人小幡内記、為二同僚秋葉儀太夫一見レ讒、自刎而死。其子式太郎、時年十歳、随レ母流二落於他方一。後及二十六歳一、夜入二儀太夫家一、會二其明レ燭讀レ書、躍然[57]排レ闥[58]而入。儀太夫顧而睨レ之、氣象威猛、而身不二少動一。式太郎覺二其異一、未二遽近一。乃呼曰、小幡式太郎為レ報二父讎一來、可二速授レ首。儀太夫猶倚レ几如レ故。式太郎遂前決二殺之一。而視二其陰囊一、大若二黄瓜一。頓悟其不レ能二急起而鬪一。一笑而去。

〔**書き下し文**〕　某公家人《けにん》小幡内記《おばたないき》、同僚の秋葉《あきば》儀太夫《ぎだいふ》の為に讒《ざん》せられ、自刎《じふん》して死す。其の子式太郎、時に年十歳、母に随ひて他方に流落す。後、十六歳に及び、夜、儀太夫が家に入り、其の燭を明らかにして書を讀むに會ひ、躍然《やくぜん》として闥《たつ》を排して入る。儀太夫は顧て之を睨《にら》む。氣象威

57　原文は「踓」に作る。
58　原文は「達」に作る。

猛、而して身は少しも動かず。式太郎は其の異なるを覺え、未だ遽かには近づかず。乃ち呼びて曰く、「小幡式太郎、父の讎を報ずるが為に來れり。速やかに首を授く可し」と。儀太夫は猶ほ几に倚《よ》ること故の如し。式太郎は遂に前みて之を決殺《けっさつ》せんとす。而して其の陰嚢《いんなう》を視るに、大なること黄⿰扁瓜《くゎうへん》の若し。頓《とみ》に悟る、其の急に起ち闘ふこと能はざることを。一笑して去る。

〔語彙注釈〕　○小幡内記　小幡氏は不明。内記は記録を司る官職であるが、実官ではないだろう。江戸時代は、武家の官職を通称としたことも多い。　○家人　日本の歴史では、身分のある者の家臣・従者等を指す。　○秋葉儀太夫　不良武士であった馬廻組（うままわりぐみ、騎馬の武士）儀兵衛の子、後に知行没収。『世相史話』[59]によれば、金沢で江戸中期に跳梁した能登出身の大泥棒・白銀屋与左衛門と一緒に悪事を働いた実在の人物であるという。　○自刎　自分で自分の首を斬る。　○躍然　すみやかに。　○闥　小門。　○氣象　心立て。気質。　○睨　にらむ。　○威猛　性格や態度がいかめしいこと。　○決殺　決然と殺す。　○几　つくえ。　○黄⿰扁瓜　ウリのこと。　○頓悟　ハッと悟る。

〔解説〕　ある絵画の展覧会で、歌川国芳（一七九七～一八六一）の浮世絵を見る機会があった。狸が陰嚢を網代わりにして鳥を仕留めるもの（「狸のあみ打ち」一八四三年）、大きく伸ばした陰嚢を傘として雨をしのいでいるもの、また地引き網として漁をしているものなど、ユーモアに溢れるものばかりだった。この非現実的な絵とは別に、葛飾北斎（一七六〇～一八四九）の『北斎漫画十二編』（天保甲午・一八三四年）に「巨大な陰嚢を持つ人物が描かれた大嚢」と題する写実的一葉がある。その人物は、自分の陰嚢を大きな布のようなものに包み、棒にゆわえて前を行く人物と二人がかりで担いでいる。道の傍らで子供を背負った女性がその二人を指さしているところから見れば、珍しい出来事だったのだろう。

本話は、一種の笑話とみてよいが、江戸の小咄には次のような陰嚢水腫を笑いものにした一話もある。

たぬき、もちまへのきんたま大きなうへに疝気をわづらひ、なを大きくなり、あるく時ハくるまにのせて、じしんにひいてあるき、ある橋にさしかゝると、自身番から、かなぼうのこへにて、コリヤ、其橋ハくるまハならぬといハれて、（たぬき）こいつハしまつたと、きんたまをくるまよりおろし、引すつてはしをとふるを、子どもが見つけ、アレ、大きなものをひきずつてゆくハとわらへバ、又ばんどころより、（かなぼう）コレコレ、馬もならぬぞ。

（『落咄熟志柿《おとしばなしじゆくしがき》』「たぬきかなぼう」）[60]

59　石川郷土史学会編、石川県図書館協会発行、一九九三年、六五頁。

60　文化十三年頃刊、十返舎一九校、美一作（『噺本大系第十五巻』八四頁。）

第二十五話　仙童―ロードス島の巨人を見た少年―

〔現代語訳〕　古老が言った。「昔、北越の猟師の家に男の子がいて、生まれつきの知恵足らずだった。ある日、魚を捕りに行って帰ってこなかった。皆『天狗にでも使われているんだろう』と言った。三年経って、突然家に帰って来た。以前とは違って賢くなっていた。その子の話したことである。『よく絵に描かれている呂洞賓のような、不思議な人に遇い、霊薬を飲まされると、気分が爽快になり、全ての悪疾が毛穴から出ていくように感じました。そして毎日使われておりました。以前、一緒に黒サメに乗って、大きな銅人の胯下を通り、大きな都市に旅しましたが、珍しい物や変わった宝石、見たこともない花や不思議な草が、きらきら輝いて目にまばゆいばかりでした。羽が扇ほどの大きさの、非常に鮮やかで美しい赤いチョウがいて、花の辺りをひらひら飛んでいました。夜には入口という入口には五色の琉璃燈が懸けられて、明るくて昼のようでした』と。多分これはヨーロッパのロードス島であろう。その他いろいろな小国で足を運ばないところはなかったようだ。素晴らしい景色や珍しい話を、次々と話してくれたが、私は全ては書ききれない。十日ほどして、その子はまた行ってしまった。その後どこで生涯を終えたかは知らない」と。

〔原文〕　故老言、昔年北越獵戸有㆓一童子㆒、生而呆痴。一日歐㆑魚不㆑返。僉謂為㆓天狗㆒服役。

越二三年一、忽還レ家。伶俐異二于前一。云遇二異人一、如二世所レ圖呂洞賓一。呑二我靈砂一、即覺二神氣清爽一、百疾悉向二毛孔一散。而日供二驅使一。嘗倶駕二黑鰐一、過二大銅人胯下一。遊二于一大都市一、珍貨異珠、奇花妖草、燦然炫レ目。有二紅蝶一、翅若レ箑大、鮮麗異レ常、翩二翩花際一。夜則門門懸二五色琉璃燈一、照耀如レ晝。蓋歐羅巴州樂德城也。其餘七閩八蠻靡レ不二翔遊一。奇觀異聞、鑿鑿言レ之。不レ能二悉記一。旬日童復去。後不レ知レ所レ終。

〔書き下し文〕　故老言ふ、「昔年、北越の獵戸《れふこ》に一童子有り、生まれながらにして呆痴《はうち》たり。一日、魚を敺《お》ひて返らず。僉《みな》謂ふ、『天狗の為に服役せらる』と。三年を越えて、忽ち家に還る。伶《れい》俐《り》にして前に異なれり。云ふ、『異人に遇ふ、世に圖く所の呂洞賓《りよどうひん》の如し。我に靈砂《れいしや》を呑ましめば、即ち、神氣清爽たるを覺え、百疾悉く毛孔に向ひて散ず。而して日に驅使《くし》に供《きよう》す。嘗て倶に黑《くろ》鰐《わに》に駕し、大銅人の胯下《こか》を過ぐ。一大都市に遊び、珍貨異珠、奇花妖草、燦然として目を炫《くら》ます。紅蝶有り、翅箑《はねさふ》の若く大にして、鮮麗たること常に異なり、花際に翩翩《へんぺん》たり。夜は則ち門門に五色の琉璃燈を懸け、照耀《せうえう》たること晝の如し』と。蓋し歐羅巴州の樂德城なり。其の餘の七閩八蠻《しちびんはちばん》、翔遊せざる靡《な》し。奇觀異聞、鑿鑿《さくさく》として之を言ふ。悉くは記すこと能はず。旬日にして、童、復た去る。後、終はる所を知らず」と。

〔**語彙注釈**〕　○故老　昔のことや故実に通じた老人。　○猟戸　かりゅうど。　○天狗　一般的に山伏の服装で赤ら顔で鼻が高く、翼があり空中を飛翔するとされる。　○敺　駆ける。　○呂洞賓　唐末・宋初の道士。生没年不詳。八仙の一人。名は嵒(巖)、号は純陽子。　○霊砂　不思議な霊薬。　○神気清爽　元気いっぱいで爽やかなさま。　○駆使　人に使われる。　○黒鰐　日本では一般的にサメのことをいう。　○倶　〜とともに。　○箑　扇子、扇。　○歐羅巴　ヨーロッパのこと。ポルトガル語の Europa（エウロパ）から借用され、「えうろつは」と表記され、「エウロッパ」と発音された。　○七閩八蠻　中国から見て夷や蛮人の住む地を指す。『周禮』「夏官」に「職方氏辨其邦國、都鄙、四夷、八蠻、七閩」とある。　○翩翩　軽くひるがえるさま。　○照耀　照り輝く。　○奇観異聞　珍しい風景や不思議な話。　○鑿鑿　言葉たくみなさま。

〔**解説**〕　「樂德城」とは、ギリシアにあったロードス島のことで、漢字では、他に「勒德海」「羅得島」「徳楽嶋」とも書き、世界七不思議(ギザの大ピラミッド、バビロンの空中庭園、エフェソスのアルテミス神殿、オリンピアのゼウス像、ハリカルナッソスのマウソロス霊廟、ロードス島の巨像、アレクサンドリアの大灯台）のひとつがあったことでも知られている。

では、鎖国の時代、作者はロードス島の情報をどのようにして入手したのであろうか。

当時、日本に伝来していたロードス島に関する資料は、中国経由のものと、オランダ経由のものとの二系統があったと考えられる。

一つの系統は、清の宮廷に仕えた宣教師が中国で出版したもので漢文で記されている。例えば、康熙帝に仕えたイエズス会の宣教師フェルディナント・フェルビースト（Ferdinand Verbiest、漢名は南懐仁、一六二三〜一六八八）が書いた『坤輿図説』に見えるものである。今日、この本は『四庫全書』（乾隆間）本、『古今図書集成』（雍正六・一七二八年刊）本、『指海』（道光二六・一八四六年）本などがある[61]。このうち、江戸時代の中期には『古今図書集成』が日本に齎されていたとされる。

その『古今図書集成』本『坤輿図説』坤輿典「地中海諸島」には、次のように見える。

一曰羅得島、天氣常清明、終歳見日。嘗鑄一鉅銅人、高三十丈、海中築兩臺盛其足。風帆直過跨下、一指可容一人直立、掌托銅盤、夜燃火以照行海。鑄十二年乃成、後為地震而頽、運其銅以九百駱駝往載。

『四庫全書』本、およびに『指海』本は、右の記述のほか、『坤輿図説』の最後に「七奇圖・銅人巨像」という項目があり、図とともに以下のような記述が加えられている。

楽徳海島、銅鑄一人、高三十丈、安置於海口。其手指一人難以圍抱、兩足踏兩石臺、跨下高壙、能容大舶經過。右手持燈、夜間點照、引海舶認識港口叢船。銅人内空通、從足至手、有螺

61　『百部叢書集成』藝文印書館印行、一九七〇年。

旋梯升上點燈。造工者毎日千餘人、作十二年乃成（ロードス島には、銅で鋳造した高さ三十丈ほどの人が、海の入口に置かれている。手の指も一人の腕では抱えきれないほどで、両脚は二つの石台を踏んでいる。股の間は広く、大きな船も行き来できる。右手に灯を持ち、夜間になると明かりがともり、多くの船舶が停泊する目印となっている。銅人の身体の中は空洞で、足から手まで、螺旋階段を上って明かりをともす。工事には毎日千人余り、十二年を要した）。

しかし、『坤輿図説』にある「銅人巨像」のことは、それより以前、一六二三年刊のジュリオ・アレーニ（Giulio Aleni）増補の地理書『職方外紀』巻一「地中海諸島」にも見え、この本は、日本では出版こそされてはいないが、吉宗の時に禁書が解かれてからは随分読まれたらしく、多くの写本が残っていて、国立公文書館所蔵本には次のように見える。

巻一「地中海諸島」

其大者……一曰羅得島、天氣常清明、終歳見日、無竟日陰霾者。其海畔嘗鑄一鉅銅人、高踰浮屠、海中築兩臺、以盛其足、風帆直過跨下、其一指中可容一人。直立掌托銅盤、夜（曳）燃火於內、以照行海者。鑄十二年而成、後為地震而崩、國人運其銅以駱駝九百隻往負之。

フェルディナント・フェルビーストの記述はジュリオ・アレーニの『職方外紀』によって記したものであろう。

後に、この『坤輿図説』の図の説明に従って記されたと思われるものに、『虞初新志』所収「二、銅人巨像」がある。張潮編『虞初新志』は、康熙二十二（一六八三）年初版の筆記小説集で、中国では何版も刷られ、一七六二年には日本に入って、和刻本（文政六・一八二三年）が出るほど愛好された。それには、次のように記されている。

巻十九「二、銅人巨像」

楽徳海島、銅鑄一人、高三十丈、安置海口。其手指一人不能圍抱、兩足踏兩石臺、跨下高廣、能容大船經過。左手持燈、夜則點照、引海舶認識港口以便叢泊。銅人内空、從足至手、有螺旋梯升上點燈。造工者毎日千餘人、作十二年乃成。

『坤輿図説』と比較すると、いくつかの微妙な表現の相違、および灯りを持つ手が左に変えられるなどの違いがみられるものの、かなり類似している。また、付された図は酷似している。

もう一系統の記述は、ゴットフリート『史的年代記』（Historische Chronica）[62]オランダ語訳に基づいたと思われるものである。これは、日本語に翻訳出版されているが、森島中良『万国新話』（寛政元・一七八九年）所載「羅得島巨銅人図」、司馬江漢『和蘭通舶』（文化二・一八〇五年）巻二所載「徳楽嶋巨銅人之図」などがある。

62　『HANGA東西交流の波』（東京芸術大学美術学部版画研究室編、東京新聞出版、二〇〇四年）九七頁に神戸市立博物館蔵の「ロードス島の巨銅人図」が収められている。『和蘭通舶』の図とよく似ている。

『万国新話』附録「巨銅人羅得島」

亜細亜洲中地中海の内に、「ロッデス」といふ一の小嶌あり。「ナトーリヤ」に属す。諸国の商船湊集して最豊饒の地なり。其崎の港口に銅を以て鑄成《いなし》たる一躯の巨像を建《たて》たり。名《なづけ》て「コロシュス」といふ。両足ハ海中より石をもつて築《きづき》たる。二の臺を踏《ふみ》て立《たち》たり。其の跨下高濶にして、巨艘行走して逼停せざるに至る。手の指、尋常乃人両手をもつて合抱《だきあはする》ことあたハず。全躰のおほいさこれを以て准《なぞら》へ知《しる》べし。遠方より望時ハ、精巧無比《さいくのてぎはたぐひなく》、まことに海内の奇観なり。[63]

『和蘭通舶』巻二

此東ニ徳楽嶋アリ、皆都爾格ニ属ス、古ヘ巨銅人形アリ、「コロスュス」ト名ク、其島ノ環リ五六十里、其南岸ニ銅像ノ高キコト三十丈、手ノ指ノ内一人ヲ通ズ、両岸石ヲ砌テ畳アゲ其上ニ跨ル、大舶其股ノ下ニ入ル、左ノ掌ニ燈火ヲ握ル、火ヲ点ズル者其足ノ指ヨリ入ル、内皆階梯ヲ螺旋シテ燈台ニ至ル、十余年ニシテ是ヲ造ル、十二年ヲ経テ大地震ノタメニ崩ル、世ニ七奇ト云者ノ一ナリ。[64]

ロードス島に関するいくつかの資料を比較してみて、オランダ（蘭語）経由の記述と中国（漢文）経由のそれとに、内容上、大きな差異はない。ただ、巨人像の背景に描かれる風景は大いに異なる。かたや山を背景にしたものであり、かたや西洋の街並みが描かれたものである。また、灯りを持つ手を「右」と書いたもの、および「左」と書いたものがある点も注意すべきであるが、これは図とのかかわりで修正を加えたことも考えられる。

ところで、蛤洲は、ロードス島の話をどのようにして知ったのか。直接的には、『虞初新志』からではないかと考えられる。蛤洲が『聊斎志異』などの小説を好んだことを考えれば、多くの小説が収められた『虞初新志』に目を通していた可能性は高い。

『虞初新志』の和刻本の出版は『餘珠』出版の四年後の文政六年（一八二三）[65]であるが、それ以前にすでに広く知られていた。例えば、和刻本出版以前に、大田南畝（一七四九～一八二三）[66]の蔵書目録に『虞初新志』が収められていることからも、当時の文人たちがそれを好んだことがうかがえるし、文化文政年間には昌平黌の素読のテキストに登録されているという点も、その認知度を裏付けるだろう。[67]『虞初新志』を見たのではないかと考えるもう一つの根拠として「楽德」という表

63　『萬國新話』巻四付録、東都書肆、寛政元年。
64　『司馬江漢全集』第三巻、八坂書房、一九九四年、一八三～一八五頁。
65　「文政六年癸未六月　鳴門荒井公廉書於淀　豹隠居」の序がある。
66　大田南畝は一八二三年四月六日没す。『大田南畝全集』（岩波書店刊、一九九〇年）第二十巻、三二一頁。
67　池澤一郎「『本朝虞初新誌』と講談」（新日本古典文学大系　明治編３『漢文小説集』岩波書店　二〇〇五年）五一八頁。

記に着目したい。「楽徳」とされているのは、『坤輿図説』と『虞初新志』の二書であるが、当時『坤輿図説』を目にすることは難しかったようで、今日、国内の図書館を調べても抄本の数も極めて少ない。加えて、『餘珠』本文「夜則門門懸二五色琉璃燈一、照耀如レ晝」に最も近いのは、『虞初新志』の「夜則點照」という表現である。

もちろん、ロードス島の情報は蘭学関係者の間でもよく知られていたであろう。蘭語のロードス島に関する内容を初めて翻訳した（公刊されてはいない）のは大槻玄沢の門人山村才助であったという。[68] 森島中良は蘭学の家に生まれ、兄（桂川甫周）は有名な蘭学者であり大槻玄沢とも親しい。一方、司馬江漢は洋風画家であり蘭学者でもあり、これまた大槻玄沢と親交があった。このような中で、『万国新話』も『和蘭通舶』も生まれたのであろう。大槻玄沢と蛎洲との直接的交流はなかったと思われるが、本書の序でも記したように『蛎洲餘珠』の序文を書いた長崎浩斎は大槻玄沢晩年の弟子であり、大槻玄沢に『蛎洲餘珠』を献本しており、玄沢と浩斎両者の深い交流は、片桐一男『蘭学、その江戸と北陸―大槻玄沢と長崎浩斎―』[69]に詳しい。その書の中には、長崎浩斎が大槻を介して森島中良の実家桂川家との交流があったことも記されている。これらのことから、浩斎が蘭学者たちとの交流で耳にした奇事を蛎洲に話したことも考えられる。

その後、一八〇〇年代には、歌川国虎（生没年不詳・作画期は文化から天保）「羅得島湊紅毛船入津之図」や歌川国長（一七九〇―一八二九）「新板阿蘭陀浮画・楽徳海嶋銅人巨像」などのロードス島を画題とした浮世絵も生まれている。

なお、この一話については、高田時雄氏（復旦大学教授・京都大学名誉教授）から種々ご教示を賜った。

68　松田清の tonsa 日記 // Blog Rangaku 蘭学 by Kiyoshi（http://d.hatena.ne.jp/tonsa/）二〇〇九年三月二一日「やせ細った蘭書」に拠る。

69　思文閣出版、一九九三年。

跋　蝓洲の詩才―忠臣蔵を詠む―

〔現代語訳〕　蝓洲先生の詩詞は極めて素晴らしい。歌舞伎を観て次の詩を作った。「演目はかの忠臣蔵、幕ごとに移ろう離合聚散、喜怒哀楽。圧巻は山崎与一兵衛翁、義のため、娘を京に売りしくだり。老躯に竹杖一本で峻険たる山越えゆけば、西日は落ちて雨瀟瀟。顔つき目つき悪しき賊、にわかに行く手をさえぎりて、懇願むなしく、斬られけり。娘の値の五十両、あたかも痩せ猿の粟穂を攫うがごとし。忽然と走り出でたる猪の猪突猛進、驚きて松の根により避けたれば勘平の一発、猪に当たらず賊に当たりて死せんとは、まったくもって快事なり。暗闇に手探りすれば死体あり、驚き悔やめど、せんなきこと、死人の財布を持ち帰る。姑、翁の死を聞きて、大いに悲しみ咽び泣く、刃傷か弾傷かをも弁えず、すでに舅の仇報ぜしを知る由もなし。勘平濡れ衣晴らしがたく、一太刀にて喉を掻っ切りしこと、なんと悲しや。見やれ、秋風に嘴交叉するあのイスカを、天がこの鳥を造りしはさだめてよしのあることとならん」と。先生の自注に「交喙とは、日本名はイスカである。勘平は死に臨んで『私の為すことはどれも行き違いばかり。本当にイスカの嘴がくっつかずに合わないようなものだ』とある。今この詩を収録し、先生の書を読む人々に申し上げる。他の珠玉の作品は、いつの日か全集が出ることを期待していただきたい。

石川憲　謹誌

〔**原文**〕　蛠洲先生詩詞奇絶。其観レ劇曰、扮唱一本忠臣庫、離合悲歡逐レ齣移。就中山崎與一翁、為レ義以レ媳鬻二京師一。僂佝一笻度二巇嶮一、西日已落雨霏霏。貂頭梟眼捽攔レ路、百懇不レ聽遂刃レ之。一嚢血貲五十兩、恰如三瘦猨攫[70]二粟枝一。驀有二逸豬衝突至一、愕然身倚二松根一避。勘平一炮不レ中レ豬、中レ賊即斃是快事。暗中漁索遭二僵尸一、駭悔且取二金包一歸。姑聞二翁死一大悲哽、研詰頗疑婿所レ為。未レ驗刃傷與二炮瘢一、既報二岳爺一烏能知。勘平冤孽難二自雪一、一刀斷レ喉事堪レ悲。請見秋風交喙禽、天生二斯禽一定有レ因。先生自注曰、交喙、和名伊須歌。勘平臨レ死云、我所レ為、事事互錯。寔如二伊須歌觜乖而不一レ合也。今錄レ之以告下讀二先生書一者上。猶其龍璧鼇珠、當レ期二他日全集之出一云。

雪峽愚弟　石川憲　謹誌

〔**書き下し文**〕　蛠洲先生、詩詞奇絶なり。其の劇を観て曰く、「扮唱《ふんしゃう》す一本の忠臣庫、離合悲歡は齣《こま》を逐ひて移る。就中《なかんづく》、山崎與一翁、義の為に媳を以て京師に鬻《ひさ》ぐ。僂佝《ろうく》一笻《きょう》巇嶮《きけん》を度《わた》り、西日已に落ち雨霏霏たり。貂頭梟眼捽《てうとうけうがんあた》りて路を攔ぐ、百懇するも聽かず、遂に之を刃《き》る。一嚢の血貲《けつし》五十兩、恰も、瘦猨、粟枝を攫《と》るが如し。驀《たちま》ち逸豬の衝の突として至る有り、愕然として身は松根

70　原文は「攄」に作る。

に倚りて避く。勘平の一炮、豬に中らず、賊に中りて即ち斃《たふ》るは是れ快事。暗中漁索し僵尸《きやうし》に遭ふ、駭《おどろ》き悔ゆるも且《しばら》く金包を取りて歸る。姑は翁の死を聞きて大いに悲哽《ひかう》し、研詰し頗る疑ふ婿の為す所と。未だ驗せず刃傷と炮瘢とを、既に岳の讎を報ぜしを烏《なん》ぞ能く知らんや。勘平の冤孽《ゑんげつ》自ら雪《そそ》ぎ難し、一刀にて喉を斷《た》ちし事、悲しみに堪ふ。請う見よ秋風に交喙《かうくわい》の禽を、天の斯《こ》の禽を生むは定めて因有らん」と。先生自ら注して曰く、「交喙は、和名伊須歌《いすか》なり。勘平死に臨みて云ふ、『我の為すところ、事事に互《たが》いに錯《あやまて》り。寔《まこと》に伊須歌の觜の乖して合わざるが如きなり』」と。今之を錄して以て先生の書を讀む者に告ぐ。猶ほ其の龍璧鼇珠は、當に他日の全集の出づるを期すべしと云ふ。

雪崍愚弟 石川憲 謹誌

〔**語彙注釈**〕 ○齣　芝居の一幕。 ○山崎與一翁　「仮名手本忠臣蔵」の登場人物である「おかる」の父親。 ○鬻ぐ　売る。 ○僂佝　背が曲がって前かがみになっている人。 ○笻　竹の一種(杖となる)。 ○巇嶮　険しい。 ○貂頭梟眼　人相が悪いこと。 ○血貲　血涙の代価。 ○痩猿攫栗枝　痩せ猿が栗の枝を攫るようにサッとかすめ取ること。 ○駭悔　驚き悔やむこと。 ○坤　むかいあうこと。 ○痩猨　痩せ猿。 ○攫う　さらう ○交喙禽　交喙鳥ともいう。イスカ。くちばしの先が鋭くとがってかぎ形に曲がり、上下のくちばしの先が交差して、食い違っている鳥。物事がうまくかみ合わないことを形容する時、「イスカの喙《はし》の食い違い」という。

〔解説〕　これは、第十九話に出てきた石川憲という蝸洲の友人によって記された跋である。石川は、蝸洲を讃える言葉を直接には記さずに、蝸洲作の七言の詩を挙げて、蝸洲の詩才の一端を示す。その詩は、言わずと知れた人形浄瑠璃「仮名手本忠臣蔵」の「五段目・六段目」を詠んだもの。その梗概は以下のようである。

（五段目）猟師となった勘平は狩に出た先で、塩冶の同僚だった千崎弥五郎と行き遇う。敵討のための経費調達をしていると打ち明けられた勘平は、金を届けると約束する代わりに、憎き仇である由良之助への取り成しを頼む。一方、おかるの父親の与市兵衛は、祇園に娘を身売りし、半金の五十両を懐に夜道を帰る途中、無残にも殺されてしまう。犯人は斧定九郎という塩冶の家老斧九太夫の息子。そのとき、猪が逃げてくる。そして火縄銃の銃声がし、手ごたえを感じた勘平が暗闇を探る。しかし、それは猪ではなかった。うろたえる勘平の手に、ずっしりした財布が触れる。悪いこととは知りながら、連判状に加わりたい一心で、勘平は財布を握りしめ一目散に逃げ帰る。

（六段目）場面は翌日の与市兵衛の家。おかるが母親のおかやといるところに、祇園の一文字屋の女将おオがおかるを連れにやってきた。そこへ勘平が戻ってくる。おかやが事の次第を話す。お才も、勘平が手にしているものと同じ柄の財布に五十両を入れて与市兵衛に渡したと告げる。そのことを聞いて驚く勘平。舅殺しとなじるおかや。そこに、千崎弥五郎と不破数右衛門がやってくる。勘平が昨夜のうちに届けていた金は、亡君に不義不忠のあった者の金だから使えないと判断したため返しにきたと言う。そう聞くと勘平は、刀を腹に突き刺す。

ところで、鴻濛陳人という「中国人」が「仮名手本忠臣蔵」の漢訳を乾隆五十九年（一七九四）に『海外奇談』として出版している。鴻濛陳人が本当に中国人かどうかは疑問が残るものの（私自身は日本人ではないかと疑うが）、『海外奇談』は、口語によって漢訳された。その中で勘平最期の箇所は「纔知錯殺了的是岳父、金是賣老婆的身價、直恁地做事顛倒齟齬、是命運蹇拙、萬望體諒小生的身上。（纔《はじめ》て知る、錯ちて殺了《ころせし》は岳父、金は是れ老婆を賣りし身價、直恁地《ただこのように》事を做して顛倒齟齬す、是れ命運の蹇拙《けんせつ》、萬に望む小生の身上を體諒せよと）」と記される。ここで「いすかの嘴ほどの違い」を「直恁地做事顛倒齟齬」と訳しているのである。この場面を浄瑠璃の原文では「…立ち帰って様子を聞けば、打ち留めたるはわが舅、金は女房を売った金、かほどまですることなすこと、いすかの嘴ほど違うといふも、武運に尽きたる勘平が、身のなりゆき推量あれ」である。蛎洲の詩は、「請見秋風交喙禽、天生斯禽定有因」と十四字で記す。『海外奇談』と比較すれば、原文の「イスカ」にこだわって訳した蛎洲の翻訳姿勢を見ることができよう。

蛤洲餘珠巻終
紫苑条藏板
文政二年卯巳五月　京都書肆　北村四郎兵衛

第二章　『蛎洲餘珠』に見る『聊斎志異』の受容

一　はじめに

「聊斎癖」という言葉がある。『聊斎志異』（以下『聊斎』と略す）をこよなく愛し、魅せられることをいう。このことばの源は、『聊斎』に註を施した呂叔清の遊印にあるらしい。[71] そのことを記した、柴田天馬という新聞記者も、日露戦争の時、朝鮮新聞の特派員として遼寧省安東へ行き、暇つぶしに『聊斎』を読んでからその癖に陥り、大正八年に『和訳聊斎志異』を出版、その後昭和二十六年から二十七年にかけて本邦初となる『聊斎』の全訳出版の偉業を成し遂げた。[72] もちろんそれ以前、明治二十年には、『聊斎志異』の抄訳本である神田民衛『艶情異史・聊斎志異抄録』（明進堂）があり、石川鴻斎『夜窓鬼談』（明治二十二年）にもその影響がうかがえることはこれまで指摘されている。[73] また、大正以後は、何人もの作家が『聊斎』の作品を翻案した。芥川龍之介の「仙人」（原作「鼠戯」、「雨銭」。大正四年・一九一五）、「酒虫」（原作「酒虫」。大正五年・一九一六）、「首が落ちた話」（原作「諸城某甲」。大正六年・一九一七）や、太宰治の「清貧譚」（原作「黄英」。昭和十六年・一九四一）、「竹青」（原作「竹青」、「蓮香」。昭和二十年・一九四五）などは良く知られる。

そもそも、日本に『聊斎』が入って来たのは江戸の後期である。『商船載来書目』には明和五年（一七六八）に一部舶載されていたことが記されている。[74] 今日残る最も古い版本は、趙起杲、青柯亭刻本『聊斎志異』で、乾隆三十一年（一七六六）に上梓されたものであり、刊行して何年も経たないうちに日本にもたらされたことになる。しかし、江戸時代の具体的な受容についてはあまり明らかにされていない。僅かに、一九八〇年代に、徳田武氏によって、都賀庭鐘が天明六年（一七八六）に『聊斎』「恒娘」を翻案したこと、[75]森島中良の「凩草紙」（寛政四年・一七九二刊）九話仕立てのうち七話が『聊斎』の翻案であること、[76]向井信夫氏によって、馬琴の黄表紙『押絵鳥痴漢高名《をしゑとりあほうのかうめう》』（寛政九年・一七九七年刊）後半が『聊斎』「書痴」の翻案であり、また同年、雲府館天府の『邂逅物語』も『聊斎』「大男」に依っているなどの指摘がなされたにとどまる。[77]こうした翻案は、これまでにない新たな趣向を『聊斎』に求めたことに因ろう。同時に、『畫引小説

71　柴田天馬訳『聊斎志異』第一巻序言（角川文庫　昭和四十六年第五版）
72　相田洋『シナに魅せられた人々』（研文出版、二〇一四）三一四頁。
73　陳炳崑「『夜窗鬼談』と『聊齋志異』にみる幽霊と冥界」『南台人文社會學報第二期』（二〇〇九）などに見える。
74　大庭脩著『江戸時代における唐船持渡書の研究』関西大学東西学術研究所、一九六七年。
75　徳田武「庭鐘と『聊斎志異』―『莠句冊』第三篇覚書―」（『近世文芸研究と評論』第二十二号、一九八二）、後、『日本近世小説と中国小説』（平成四年、青裳堂）に再録される。
76　徳田武「『凩草紙』と『聊斎志異』」（『近世文芸研究と評論』第十八号、一九八〇）、後、『日本近世小説と中国小説』（平成四年、青裳堂）に再録される。
77　向井信夫「寛政年代に於ける馬琴著作の二三について」『ビブリア』第六十一号、昭和五十年。

字彙』（秋水園主人輯、大野木市兵衛 天明四・一七八四年）の援引書目に『聊斎』が引用されたり、『詩藻行潦』[78]に『聊斎』由来のものが収められたりと、その語彙にも目が注がれたことがわかる。

筆者は、『餘珠』を読む中で、その作者にも「聊斎癖」があったことを知った。『餘珠』における「聊斎癖」受容の実際を紹介しよう。

二　「聊斎癖」をもつ漢学者（『困譚』『蛠洲餘珠』の作者寺崎蛠洲）との出会い

「聊斎癖」をもったその人物の名は、本書の原作者寺崎蛠洲（一七六一～一八二二）という。筆者は、以前、蛠洲の漢文笑話『困譚《へんたん》』を読み、その訳注を『江戸の笑い』（二〇一二年、桂書房）と題して出版した。その中の一話に、かつての酒飲み友達と久しぶり出会って久闊を叙す場面があったが、その箇所は「各道契闊」という四字で記されていた。その後、たまたま目を通した『聊斎』[79]巻四[80]「酒狂」に、酒癖の悪い男が死後にあの世で翁という姓の旧友と会って挨拶する場面が、やはり「各道契闊」という四字で記されていた。「酒」と「各道契闊」という二つの共通項にその時はさほどの関心も抱かなかったが、『高岡詩話』（津島北渓著、一八六一年頃成立）[81]所収の蛠洲作「竹枝詞」に、蛠洲と『聊斎』との関わりを再びうかがうことになった。それは次の詞である。

苜蓿花飛春已稀　　苜蓿の花散り　春ももう終わり。
秋千格五惜斜暉　　ブランコ、五目並べ、興も尽きぬにもう日暮れ。
雛姫亦識阿嬢意　　半玉　女将の意を汲みて、
両手叉扉不許歸　　両手もて扉を叉《ふさ》いで客を帰さぬ。

「両手叉扉」ということばは、半玉が腕で×の字を作って客を留める仕草をいい、僅かに『聊斎』巻四「珊瑚」に見える。原文の特徴をできる限り生かして日本語訳を試み、見事な『聊斎』の翻訳を行った前掲の柴田天馬は、その四字を「両手を叉《ひろ》げて扉の所に立ちふさがった」[82]と訳している。

当時、遊郭は、文人の社交の場でもあり、漢文をものした文人間に遊郭の風俗を漢詩仕立てで歌う「竹枝詞」が流行していた。富山藩校教授でもあった市河寛斎（一七四九〜一八二〇）の『北里

78　山本北山編、須原屋伊八、天保十一年（一八四〇）刊。但し、北山は一八一二年に没し、門人朝川善庵が記した序によれば、「先生遺書」であるという。一八〇〇年代初期の執筆ということになる。

79　『聊斎志異』の版本は多種あり、また、蛠洲が目にしたと思われる趙起杲「青本刻聊齋志異例言」を付す版本も異本があるが、小論では、趙起杲の青柯亭本『聊斎志異』に従って巻数を付す。

80　以後『聊斎志異』の巻数は、青柯亭本による。

81　『高岡詩話』（高岡市立中央図書館、二〇〇五年）の各頁上部所載の原本に基づくが、そこに付された訳文は採用しない。

82　『聊斎志異』全四冊第二冊（角川文庫、昭和四十四年）

歌』はその先駆けとして極めて有名である。蛎洲もその流行の中で幾つかの「竹枝詞」を残しているが、この一首はその一つで、客を帰したくない女将の意向を汲んだ半玉のけなげな様子を「両手叉扉」という『聊斎』に見える一語によって表したのである。

その後、『餘珠』を紐解く中で、蛎洲の『聊斎』に対する強い愛好を知ることになった。

三　『蛎洲餘珠』「蒲留仙」に見るその「聊斎癖」

『餘珠』四十二話のうち、作者の「聊斎癖」を最もはっきり見ることができるのは、「蒲留仙」と題する一話（本書二〜十二頁）である。この蒲留仙とは、『聊斎』の作者である蒲松齢の字であり、松齢はその諱で、号を柳泉という。

この一話は、服部叔信という若くして去った友人の生前における異才ぶり、『聊斎』への傾倒ぶりを記して追悼に代えたものである。服部叔信は、本話にあるように服部南郭の末裔で、氷見布施（円山）の布施神社境内にある「万葉歌碑」を建てた人物。名は輗、号は楓翥、淳卿、槇屋から天野屋へ養子に行き、詩・画・篆刻に巧みであったと、『高岡詩話』は伝える。[83]

「蒲留仙」からは、蛎洲と叔信両者が如何に『聊斎』を好んだかをうかがうことができる。蛎洲は、叔信が記した『聊斎』題辞（ここでは読後に書いた言葉を指す）と叔信がみた夢に依りながら、『聊斎』に酔った叔信の様子を描く。しかし、そこには同時に、『聊斎』に酔った蟫洲の姿も描き出されている。

叔信の題辞では、『聊斎』の編集者である趙起杲「聊齋志異例言」のことばと『聊斎』の三篇の作品「青鳳傳」（青柯本『聊斎志異』巻二）「狐夢」（巻八）「嫦娥」（巻十一）を話題にする。まず、「聊齋志異例言」の言葉、「其非二異常之筆一、豈能若レ此也哉。（非凡な文才がなければ、どうしてこのようなことがあるだろう）」を引いて、蒲松齢の人並み外れたその才能を讃える。

その後、個々の作品の中から、その文章に酔った人々を紹介する。例えば「狐夢」一篇に登場する畢怡庵だ。畢怡庵は現実に存在した人物で、作者・蒲松齢の友人のようであるが、「狐夢」の中では、「青鳳伝」に描かれた青鳳という美女に夢中なっている人物として登場する（「余友畢怡庵、倜儻不羣、豪縦自喜、貌豐肥多髭、士林知名。…畢毎讀青鳳傳、心輒向往、恨不一遇。（自分の友である畢怡庵は、並外れて磊落で、豪放な振る舞いを喜んでいたが、髭もじゃでふっくらした顔の彼の名前は学者仲間にも知れ渡っていた。…畢は、いつも青鳳伝を読んで心をひかれ、会えないことを恨んでいた）」）。同じく、『聊斎』に酔っているものとして、「狐夢」中の狐が取り上げられる。

83 原文は本書十一頁を参照。

この狐は、自分の伝記を書いてくれるように蒲松齢に頼んでくれと畢怡庵に願い出る（「然聊齋與君文字交、請煩作小傳、未必千載下無愛憶如君者。（でも、あなたは聊斎と文学の友達だから、小伝を作ってくださるように頼んでちょうだい。後の世になってあなたみたいに愛したり、思い出したりする者がないとも限らないわ」）が、これは「青鳳」一篇中の青鳳が蒲松齢に自分の伝記を書いてもらったのでそれを羨んでのことだった。小説中の畢怡庵も狐も『聊斎』の世界に酔って、その話の人物を慕いその人と同じようになりたいと願うのだ、と叔信は解釈する。

ついで、友の蛎洲がかつて「嫦娥」、「鳳仙」（巻十一）の二篇を推してその文章に酔っていたことに触れる。「嫦娥」一篇は、地上に降りてきた月の仙人・嫦娥と狐の化身・顛当の二人の女が宋という男と結ばれる話である。「鳳仙」は、秀才の劉碧水の話である。彼は両親の死後、その財産で気ままに遊び暮らしていた。ある時、自宅へ帰ると、狐のカップルが勝手に入り込んで逢い引きしていたが、狐は慌てて逃げたため女性の袴（下着）を忘れて行ってしまった。翌日、使者がその返還を求めに来たので、劉碧水がそのお返しとして鳳仙との仲を取り持ってもらうと、鳳仙も狐だった、という話である。蛎洲がこの二篇を推す理由は「翦裁之妙」、即ち、「練られた文章のすばらしさ」にあり、「これらを読むたびにいつも、世情人情恋愛模様に感慨を催し、すぐに誰かに話して茶や酒を勧めたいと思う」からであり、「しかし、本を閉じると、まるで蜃気楼が消えて見えなくなるように朦朧としてしまう」と語ったという。『聊斎』に陶酔した蛎洲の姿が記される。

以上が「題辞」の内容であるが、叔信はそれを書き終えた夜、夢に現れた蒲松齢に、来世のことはすでに閻魔に頼んであるから後事を速やかに終えよと告げられる。この数日後、叔信は世を去るが、死を前にしてその脳裏にはなお『聊斎』があったことになる。叔信はまさに「聊斎僻」をもった人物であったのである。

最後に、蛐洲は、叔信の絶筆を載せた後、『聊斎』に幽霊譚が多いのは知識人の筆のすさびであったからだと結論したうえで、「蓮香」（巻二）一篇中の、幽霊と狐の合葬に数百人が集まったという一文「不期而会者数百人」を引用し、実際にそういうことがあったのだろうと記す。「蓮香」は、ある生員のもとに美女が訪れて二人は懇ろになるが、しばらくして別の美女も訪れてやはり懇ろになる。生員は内緒で二股を続け荒淫により衰弱し、美女同士はそこではじめて互いの存在を知ることになる。美女同士は生員が衰弱した原因を相手に押し付け合い、その結果、互いが狐と幽鬼であることが露見する。しかし、両者は離れることのできない二代の仲であった、という話である。この一篇は、幽霊と狐霊と人間とが渾然とした世界を楽しんでいるが、作者蛐洲もその世界に浸っている。

『聊斎』の最も早い刊本である青柯亭本は、乾隆三十一年の出版で、遅くともその二年後には日本に入っていた。また、蛐洲や叔信の生没年を考えれば、彼らは青柯亭本以外の版を目にしたとは考えられない。当時、青柯亭本が日本に幾セットもたらされたかは知らないが、今日、日本の漢籍の所蔵状況を知るに簡便な「漢籍データベース」上でも数セットしか見出すことはできないことから、蝸洲らは、当時にあって中国書の流行に強い関心を寄せていたことは想像に難くない。

四　『聊斎志異』に記された「こと」の借用

『聊斎』は、文言小説であるが、俗語も取り入れて、感情も豊かに表現されていると言われる。『餘珠』には、前掲の「蒲留仙」以外に、「こと」と「ことば」の両面において『聊斎』の影響を受けた幾つもの話が収められている。まずは「こと」について見る。

①蛙曲の芸

『餘珠』第六話「宇賀京輔」（上冊四二頁）は、別離し流浪する夫婦が、ある老人の予言どおりに討ち入りの日に再会を果たすという一篇である。その老人は気高く俗離れして、道を会得したもののような風貌で、「蛙曲」（蛙を鳴かせる芸）の使い手ということになっている。

「時有㆓老叟㆒、售㆓蛙曲於市中㆒。姿状高古、大類㆓有道者㆒。（たまたま老人が市で蛙曲の芸を売っていたが、俗人離れした姿で、道を悟ったもののようであった）」

では、「蛙曲」とは何を指すか。管見の限り、このことばは『聊斎』に作品名として見えるに止まる。それはただその不思議な「蛙曲」の芸を紹介するだけの極めて短い一篇である。

「王子巽言、在都時、曾見一人作劇於市、攜木盒作格、凡十有二孔、毎孔伏蛙。以細杖敲其首、輒哇然作鳴。或與金錢、則亂撃蛙頂、如拊雲鑼、宮商詞曲、了了可辨。（王子巽が話した。都にいた時、かつて一人の男が市で芝居をやっているのを見たことがある。木で格子状になった木箱を持っていたが、十二の穴があいていて、どの穴にも蛙が伏せてあった。細い棒で蛙の頭をたたくと、ケロケロと鳴く。金をもらうと蛙の頭を幾度もたたく。それは、銅鑼をたたいているようで、ドレミもメロディも、明確に区別できるのだ）」（巻二「蛙曲」）

「蛙曲」とは、十二匹の蛙の頭をたたいて十二律の各音階で鳴かせ音楽を奏でさせる芸を指すと思われる。そのことに興味を覚えた蛤洲は、道を得た老人のイメージに更に神秘性をもたせるために、不思議な「蛙曲」の使い手にしたのかもしれない。

②紫姑占い

『餘珠』第十三話「某貴紳」（上冊八四頁）に次のような場面がある。

「鼓レ掌大笑曰、欲三聊博二一粲一、致三却喫二一驚一。恕罪、恕罪。列位神始定。乃問曰、君卜二紫姑技倆一耶。主人復大笑曰、騙得好、騙得好。一眼兒、僕封内所レ出畸零也。美人乃是瀨川仙女。大兒乃是釋迦嶽。（手を敲いて大笑いして言った。「笑っていただこうと思いましたのに、かえって驚かせることになってしまいました。お許しを、お許しを」。みなの心はやっと落ち着いた。そこで訊ねて言った。「(占い師の)紫姑の技量を試してみたのですか」と。主人はまた大笑いして言った。「うまく騙せました。うまく騙せました。一つ目の小僧は私の領内で生まれた奇形児です。美人は瀬川仙女です。大きな男は釋迦嶽です」と。)」

これは、ある公家が客人を驚かせるために、三人の人物を登場させ、それに驚いた客人が「紫姑技倆を占ったのか」と尋ねる場面である。「紫姑占い」とは、本来、日本の「こっくりさん占い」のようなものを指すと思われるが、ここでは『聊斎』「素秋」(巻十)に基づき、布切れで作った人形を本物の人間に変える技という意味で用いられる。「素秋」では、主人公の兪恂九は妹と二人暮らしのはずなのに、妹が「紫姑占い」の小技を用いて腰元や媼を実際に次々と登場させて料理を運ばせる。それを兄は客人に、「これは妹が幼い時に覚えた卜紫姑の小技にすぎません(此不過妹子幼時、卜紫姑之小技耳)」と説明している。『聊斎』の原文を理解していなければ解釈できない一語である。

五　『聊斎志異』に用いられた「ことば」の借用

一方、『聊斎』由来のことばも少なくない。凡そ、あらゆる創作作品のことばは、当然、作者が多くの書を読んで知らず知らずのうちに我がものとしたもので、それによって作者独自の作品世界が形作られるものであろう。つまり、書かれたことばの多くは作者の中ですでに消化され血肉と化したものと言える。明らかに『聊斎』に用いられ、やがて血肉と化したと思われることばや言い回しを次に紹介しよう。

①「軃袖垂髫、風流秀曼」

前述の「紫姑占い」が記されている「某貴紳」（上冊八四頁）は、主人が客を驚かせるために登場させた当代きっての女形歌舞伎役者瀬川仙女の様子を以下のように記す。

「方懐惑間、一位美人手提二葵花燈一出。軃袖垂髫、風流秀曼、曠世無二其麗一也。近以レ燈懸二擔釘一。回眸一視、飄飄然逝。（不思議な事だと思っていると、ひとりの美人が、葵の花の提灯を手に持って出てきた。長い袖に垂れた髪、艶やかで美しく、世に並ぶ者がないほどであった。近づいてくると、提灯を釘に懸け、ひとたび見返ると、風のようにいなくなってしまった）」

この種の美人の形容は、前掲『聊斎』「蓮香」中にも次のようにある。

「一夕、獨坐凝思、一女子翩然入、生意其蓮、承逆與語、覿面殊非、年僅十五六、嚲袖垂髫、風流秀曼、行歩之間、若還若往。大愕、疑為狐。(ある夜、一人座って考えていると、一人の女がひらりと入って来る。蓮香だと思って迎えて話しながら顔を見ると全く違っていた。年はやっと十五六で長い袖に垂れた髪、艶やかで美しく、歩く様子は、帰るようでもあり来るようでもある。大いに驚いて狐かと思った)」

ここに見える女性に化けた狐の精の描写「嚲袖垂髫、風流秀曼」は、明らかに『餘珠』「某貴紳」の描写に影響を与え、『聊齋』に類する見事な怪異妖艶の気分を作り出すことに成功している。

② 「**一市燦然**」

「一市燦然」[84]は、「市じゅうがどっと笑った」という意味であるが、『聊斎』「種梨」(巻一)に、「田舎者が市に梨売りに行って、道士が次々梨を生みだし皆に分け与えている術を目にして感心していたが、実はその梨は自分の物であった。それを知って道士を探したが、道士は、行方知れずとなった。市じゅうどっと笑い声が満ちた」という話があり、その末尾の原文は「道士不知所在。一市粲然」と記される。ここでの「市」は、田舎者[85]が梨売りに出掛けて行った地点の「まち」という意味である。

『餘珠』第五話「百盲顚踣」(上冊三七頁)では、けちな医者が抗議に来た盲人たちに下駄の鼻緒を切る意地悪をした後、街中の人が皆笑ったという文脈で用いられている。

「未㆓數步㆒、陸續即仆。飛㆑筇拋㆑傘、滿服泥淖。有㆑破㆓鼻者㆒、有㆓缺㆑齒者㆒。笑態萬狀、一市粲然。（何歩も行かないうちに、次々に転んだ。杖が飛びちり傘は打ち投げられ、体中泥まみれになり、鼻を切ったものもいれば、歯が欠けたものもいた。様々な滑稽な様子に、みなどっと沸いた）」

今のところ、『聊斎』以外の中国書に「一市粲然」という表現を見出すことはできない。よって蜐洲が『聊斎』の影響を受けて用いたものと考えられる。『餘珠』第八話「浴戸某女」（上冊五六頁）では、「粲然」が「譟然」に代わっているものの類似の語構造をとる「一市譟然」が用いられている。

「京師某乙、與㆓浴戸某女㆒訂㆓終焉盟㆒。後聞㆔女有㆓私夫㆒。大怒夜分提㆓白刃㆒、撬㆓其門㆒入。女驚懼匿㆓閤内㆒。乙挨㆑身入。女奪㆑門而走。乙追及連擊而仆。合家慴伏、莫㆓敢掩捉㆒。乙遂遁去。一市譟然。（京都の某乙は、風呂屋の某の娘と共白髪を誓った。しかし、後にその娘には間男がいることを耳にした。怒って、夜なかに白刃を引っ提げて家の戸をこじ開け入って行った。女は驚いて屋根裏に逃げた。乙は背を屈めて入ろうとした。女は慌てふためいて逃

84　「一市燦然」のうち「燦然」は「粲然」とも書き、『聊斎志異』「狐諧」に「言罷、座客為之粲然」とあり、笑うこと、或は笑う様子を表す。

85　原文は「郷人」である。

げた。乙は追って行き女を続けざまに打って倒した。家じゅうの者はみな懼れひれ伏して、立ち向かってとらえてやろうとする者はなかった。乙は、そこで逃げて行った。街中、大騒ぎとなった)」

「一市燦然」からヒントを得た表現であると思われる。

③「綢繆」

この「綢繆」も『聊斎』の影響を受けたことばであろう。『餘珠』第十二話「鍵禬」(本書五六〜六十頁)の最初に「江都諸田某女與㆓一僧㆒綢繆。(江戸の諸田某の娘は、ある僧と親しくなった)」とある。「綢繆」は、本来は「緊密で隙間がなく塞ぐさま」という謂いであったが、「物が纏わり付くこと」「男女の仲が良いさま」などにその義が派生していき、唐の元稹『鶯鶯傳』では「綢繆繾綣、暫若尋常、幽會未終、驚魂已斷」と見え、夢の中で男女が睦まじく愛し合う様子を指すようになる。しかし、これ以外、仲良く睦み合うという意味ではそれほど多く用いられることはないように思われる。それが、『聊斎』になると以下のように多用される。

○「息燭登牀、綢繆甚至」(巻二「蓮香」)○「遂相綢繆」(巻二「巧孃」)○「次夕、女果至、遂共綢繆」(巻二「俠女」)○「二人綢繆如平日」(巻三「魯公女」)○「滅燭登牀、如調新婦、綢繆甚懽」(巻四「恆孃」)○「兩相驚喜、綢繆臻至」(巻七「鞏仙」)○「極盡綢繆」(巻五「白于玉」)○「勾欄中原無情好、所綢繆者、錢耳」(巻七「鴉頭」)○「入夕、果至、綢繆益歡」(巻八「章阿端」）○「抱與綢繆、恩愛甚至」（巻八「花姑子」）○「女稍釋、復相綢繆」（巻八「綠衣女」）○「心悦之、欲就綢繆、實慚鄙惡」（巻八「荷花三孃子」）○「急引明璫、綢繆備至」（巻八「仙人島」）○「綢繆數日、益惑之」（巻十一「霍女」）○「從此無夕不至、綢繆甚殷」（巻十一「鳳仙」）○「是相對綢繆者、皆妄也」（巻十一「張鴻漸」）○「今與君別矣。請送我數武、以表半載綢繆之義」（巻十四「雙燈」）

この例は全てが男女の睦まじい行為の様を表すものである。

④「随喜」

「随喜」は、本来、「人の善を見て、それに従い喜ぶこと」を指し、仏教用語として用いられるのがほとんどである。ただ、唐の杜甫『望兜率寺』などに「時應清盥罷、随喜給孤園。（時は應に清盥は罷はり、給孤園を随喜す）」とあり、寺に立ち寄って寺院内を遊覧することを指す例もある。『聊斎』「畫壁」（巻一）にも「見客人、肅衣出迓、導與随喜。（客人を見て、衣を整えて出迎え、案内してともに巡る）」と記される。杜甫あるいは『聊斎』の影響を受けてか、『餘珠』第十二話「画眉鳥」（上冊六七頁）も、類似の用例がある。「中元日、随喜東海寺、俄見一彩輿過。（お盆に東海寺に立ち寄って寺内を巡っていると、あでやかな駕籠が通って行くのが目にはいった）」というのがその例である。

⑤「**喤聒**」

第十二話「鍵禬」（本書五六〜六十頁）に、「雖レ不レ足レ喤二聒于大雅一、亦囉二嗔于一時一。（正式な場で歌うようなものではなかったが、一世を風靡《ふうび》した）」という一文がある。「囉嗔」は『玉篇』に「歌曲也」とあり、「喤聒」は『聊斎』以外に用例は少なく、「にぎやかに音楽が起こること」のようで、「晩霞」（巻四）に「但聞鼓鉦喤聒、諸院皆響。（すると、太鼓や鐘がやかましく四方の庭から響いてきた）」とあり、同じく巻五「彭海秋」に、「踰刻、舟落水中、但聞絃管敖曹、鳴聲喤聒。（暫くして、船は水に落ちた、すると管弦の音色が聞こえてやかましいほどである）」と用いられる。明らかに『聊斎』由来の言葉といえる。

⑥「**惶悚無以為地**」

第十六話「蜃樓」（上冊一〇四頁）は、蜃君が以前ある小児科医に子孫を助けてもらったことを恩に感じ、その医者夫婦の苦境を救う話であるが、宮殿に招かれた夫婦は次のように記される。

「王命二一女官一拽レ之升レ階、分レ坐抗禮。二人惶悚無二以為レ地。（王は一人の女官に命じて、二人を階に登らせ、同席させて対等の礼で遇した。二人は恐縮して身の置き所もなかった）」

このうち、「抗禮」と「惶悚無以為地」は『聊斎』「花神」（巻十六）に夢で絳妃が礼を行おうとすると場面で、「余惶悚無以為地、因啟曰、草莽微賤、得辱寵召、已有餘榮。況敢分庭抗禮、益臣之罪、折臣之福。（私は恐れ入ってそこで申し上げた。「草莽の卑しいものでお召しを忝くしましたのでさえ身に余る光栄ですのに、対等の礼を受けますとは、臣下としての罪を益し、臣下としての福を損なうことになります」）と見え、両者の影響関係がうかがわれる。

⑦「屹如壁立」

『聊斎』「晩霞」（巻四）は竜宮城での話である。鎮江の蒋阿端という少年が水に落ちて死んだが、本人は死んだことを知らず、誰かに導かれて竜宮に到着し、群舞の練習をさせられ、そこで晩霞という美しい踊子に出会う、というもの。これは『餘珠』第十六話「蜃楼」（上冊一〇四頁）に二つの面で影響を与えた。一つは、死んだ人間が誰かに導かれ龍宮に行くという設定であり、もう一つは、逆巻く波が四壁の如く立ち、そこに龍宮が現れるときの表現、および、そこでにぎやかな音楽が奏でられていたことの描写においてである。知らぬ間に誰かに導かれて龍宮に達するところは、「蜃楼」では「炫瞀間、覺有人捉其手一捉至一處。（目が回る中、誰かに自分の手を握り引っ張られてどこかに連れて行かれたように思った）」とあり、「晩霞」では、「阿端不自知死、有兩人導去、見水中別有天地。（阿端は自分が死んだと知らないまま、二人の人に導かれて行き、見ると水中の別天地であった）」と記される。また、宮殿が海の水の中に俄かに現れる描写も類似する。以下のように両者ともに「屹如（若）壁立」を用いて、逆巻く波が壁のように屹立し、その中に宮殿が現れたと記している。

○「回視則流波四繞、屹如壁立。俄現宮殿、見一人兜牟坐。（見渡すと波がぐるりととりまき、壁のように立った。すると俄かに宮殿が現れ、上座に鎧を着た人が座っていた）」（『聊斎』「晩霞」）

○「四面碧水、屹若壁立。俄有人出自殻中、即其夫也。（四面の碧水が壁のように立った。すると突然貝の殻から誰かが出て来たが、それは夫だった）」（『餘珠』「蜃楼」）

なお、「蜃楼」は、その宮殿を「玳瑁為梁、魴鱗為瓦（梁は鼈甲で、瓦は鯛の鱗）」と形容しているが、これは『聊斎』（巻六）「羅刹海市」に見える表現である

⑧「意致清越」

「意致清越」は、中年女性のすっきりした品のよさを表現した一語である。第十四話「鸛塔」（本書六四〜七二頁）に、「斯日仲秋、興偶發。因隨婢往其所。初經茅屋、僅庇風日、再過曲徑、入内院。其中曲攔幽檻、金碧光耀。婦約四十五六、意致清越、喜引生坐、設茗進果。（その日は仲秋だったこともあって、興をそそられ、桂吉は下女についてそこに出向いた。初め茅屋を通ると、僅かに風や日をよけるだけのものであったが、さらに曲がり道を通って中庭に入ると、その中は、凝った設えで、金や碧玉が光り輝いていた。婦人は四十五六才くらいで、すっきりとした上品な人で、喜んで桂吉を招じ入れて座らせ、茶菓を勧めた。）」とある。これは、『聊斎』「黄九郎」（巻五）に見える「薄暮偶出、見婦人跨驢来、少年從其後、婦約五十許、意致清越。（夕暮れにふと出て見ると、婦人が驢馬に乗って、少年を従えている。婦人はおおよそ五十ばかりですっきりとした品の良さである）」の借用であることは疑いがない。

⑨「丰采過於姝麗」

第十四話「鸛塔」に見える「丰采過於姝麗」は、男性でありながら手弱女のような美しさを持つ人物を形容することばである。やはり『聊斎』「黄九郎」（巻五）に「轉視少年、年可十五六、丰采過於姝麗」とあり、その美しさのために男色を好む人物に誘われることになる。

⑩その他

他にも、第十二話「画眉鳥」（上冊六七頁）の「思念綦切」一語は、『聊斎』「鳳仙」（巻十一）に「逾二年、思念綦切。（二年を経て、思いは極まる）」など『聊斎』のことばを借りたと思われる表現が散見する。

六　終わりに

本論の「はじめに」で述べたように、『聊斎志異』の日本で第二番目の翻案は、森島中良（一七五六～一八一〇）という医者であり漢学者によってなされた。中良は、蘭学者の大槻玄沢とは同世代の友人で、蘭学の啓蒙にも力を注いだ人物であった。[86]

86　石上敏「解題　森島中良について」（『森島中良集』、図書刊行会、一九九四年）に見える。

一方、『蛎洲餘珠』の序を記し、出版に助力した人物は長崎浩斎（一七九九〜一八六四）といい、高岡で当時、最も名を馳せた医者であったが、蛎洲から漢文の手ほどきを受けた人物であり、大槻玄沢晩年の弟子でもあった。[87]『聊斎志異』には和刻本がないのだから、数少ない原本を地方で目にするには何らかの手段で手に入れるか借用するしかない。もしかしたら、長崎浩斎と森島家等との関わりで借用がかなない蛎洲や叔信も目にすることができたのかもしれない。

清の小説が入手困難な文政年間、一地方の漢学者によって書かれた漢文小説『蛎洲餘珠』の中に、『聊斎志異』の影響がこのように色濃く見られることに驚く。それはこの時代、清国の奇談小説の名作『聊斎志異』のうわさが少しずつ全国的に広まっていったことを意味しているともいえよう。そして、その優れた漢文をいち早く目にして心酔した寺崎蛎洲の慧眼にはただただ脱帽するのみである。

87　片桐一男著『蘭学、その江戸と北陸　大槻玄沢と長崎浩斎』（思文閣出版、一九九三年）

あとがき

この書は、『富山文学の黎明㈠』と同じく、富山大学人文学部二〇一三、四年度後期「中国言語文化特殊講義」の産物である。前書同様、訳注は磯部、森賀の共同作業で、解説は磯部が担当した。前書のあとがきにも書いたように、私は磯部氏に誘われて、『蛎洲餘珠』を読み、その文学としての面白さに目覚めたのだが、訳注作業を終えてみると、『蛎洲餘珠』を読む面白さには単に文学を読む面白さにとどまらず、それ以上に、謎解きの面白さがあったように思われる。まず、『蛎洲餘珠』の唯一のテキストである刊本には魯魚の誤りが多く、「裸祖」は「裸袒」、「令夕」は「今夕」、「旋与」は「施与」など、授業では毎回クイズを解くような楽しみが味わえた。また、日本人の書いた漢文なので、日本語からの発想に違いないと思われる和習のような表現があり、その意味を考えるのもやはり謎解きだった。まるで探偵ごっこである。とはいえ、探偵は磯部氏、私自身は間抜けな助手で、ポワロの明晰な頭脳に舌を巻くヘイスティングスのようなものだった。だが、磯部氏は、時に灰色の脳細胞だけに頼って安楽椅子探偵を決め込むポワロとは異なり、完全に行動型の探偵で、この書の解説を書くに当たって、寺崎蛎洲の書を蔵する高岡市立中央図書館のみならず、各地の図書館や資料館に出かけて調査された。この書に載せられている話の中には、氏の解説が説いてくれているその背景を知らなければ、よく理解できないものも多い。名探偵の活躍を間近で見守り、調査とその推理の結果を真っ先に聴かせてもらえる、間抜けな助手にとっては、楽しい仕事だった。しかし、助手が間抜けなだけに、本書の訳注には当然誤りもあり得る。また、我々は日本文学の専門家ではない。専門の方ならすぐ気が付かれるような常識的な事でさえ見逃している可能性もある。本書の至らぬ点については、お読みくださる皆様に是非忌憚ないご意見を賜りたい。

前書に続き、本書の刊行に際しても、公益財団法人富山第一銀行奨学財団より、「黎明期の富山漢文学の総合的研究」に対する助成をいただいた。また、編集出版に当たっては、桂書房代表・勝山敏一様、同編集者・川井圭さんのご協力を得た。ここに記して感謝の意を表す。

（森賀一恵）

磯部祐子《いそべゆうこ》　（富山大学 教授）
森賀一惠《もりがかずえ》　（富山大学 教授）

富山文学の黎明（二）　―漢文小説『蛎洲餘珠』（巻下）を読む

ISBN 978-4-86627-021-0
二〇一七年三月二十八日　初版発行
定価　本体一、三〇〇円＋税

著　者　磯部祐子　森賀一惠
発行者　勝山敏一
印　刷　株式会社　すがの印刷
発行所　桂　書　房
〒九三〇-〇一〇三　富山市北代三六八三-一一
電話　〇七六（四三四）四六〇〇

地方小出版流通センター扱い